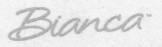

Maggie Cox

Vidas tormentosas

Editado por HARLEQUIN IBÉRICA, S.A.
Núñez de Balboa, 56
28001 Madrid

5035 1906 12/12

I.S.B.N.: 978-84-687-0352-7
Depósito legal: M-20615-2012
Editor responsable: Luis Pugni
Fotomecánica: M.T. Color & Diseño, S.L. Las Rozas (Madrid)
Impresión en Black print CPI (Barcelona)
Fecha impresion para Argentina: 28.1.13
Distribuidor exclusivo para España: LOGISTA
Distribuidor para México: CODIPLYRSA
Distribuidores para Argentina: interior, BERTRAN, S.A.C. Vélez
Sársfield, 1950. Cap. Fed./ Buenos Aires y Gran Buenos Aires,
VACCARO SÁNCHEZ y Cía, S.A.
Distribuidor para Chile: DISTRIBUIDORA ALFA, S.A.

Capítulo 1

LA DESCOMUNAL estampida sonaba cada vez más cerca y le hizo pensar en una manada de bestias salvajes. Durante unos segundos, creyó haber entrado en otra dimensión. Una imaginación exacerbada podía provocar la locura, y era lo que empezaba a sucederle a Karen que lamentó haberse tomado las pastillas para dormir la noche anterior. Debía mantener sus facultades mentales en perfecto estado, no anularlas con medicamentos.

El sonido de la estampida se hizo más fuerte y ella echó una ojeada a través de los árboles y el follaje. Paralizada de miedo, no podía correr. Los huesos de las piernas se le habían licuado y era incapaz de pensar con coherencia. Su mirada se posó desesperada en las botas de senderismo, cubiertas de barro, y se dijo que, en caso de necesidad, sería capaz de huir. Pero... ¿huir de qué? aún no lo sabía. «Dios mío, no permitas que me desmaye... cualquier cosa menos eso. Por favor, no permitas que pierda la consciencia». La silenciosa oración empezó a convertirse en un mantra mientras aguardaba lo que fuera que se acercaba a ella.

Unos segundos después, un monstruo de color beige irrumpió en el claro y se dirigió al galope hacia Karen de cuyos labios surgió un estrangulado grito al encontrarse cara a cara con el terror que había interrumpido el paseo matutino. Los latidos de su corazón parecían un redoble de tambor en sus oídos. ¿Qué clase de idiota dejaría suelta a semejante criatura? Contempló con expresión de ansiedad la enorme cabezota con la boca abierta y vio la larga lengua colgando húmeda mientras la bestia jadeaba. Y se sintió físicamente enferma.

Un autoritario grito les sorprendió a ambos. La bestia puso las orejas tiesas como si fuera un transmisor recogiendo una señal y se paró a escasos centímetros de Karen.

—¡Oh, Dios mío! —Karen se cubrió la boca con las manos y se recriminó por las estúpidas lágrimas que nublaban la vista de los azules ojos.

La criatura tenía dueño. Sin duda, algún zoquete irresponsable.

El hombre apareció de entre los árboles, tan sorprendido de ver a Karen como ella de ver a su mascota. Haciendo una pausa para asimilar la situación, de inmediato le dio la impresión de que era él quien mandaba y algo le dijo que las disculpas o la preocupación por el estado de sus semejantes no era habitual en ese hombre. Y el arrepentimiento debía resultarle igualmente ajeno. Había algo altivo y sobrecogedor en su robusto porte que le puso el vello de punta y los sentidos en alerta.

Alto e incuestionablemente autoritario, los cabellos revueltos y largos hasta los hombros en un arrogante desafío a la moda o los convencionalismos, poseía un rostro duro e implacable que, incluso de lejos, parecía incapaz de cualquier gesto de amabilidad. «Quizás al final hubiera sido mejor desmayarse», pensó Karen. Eran poco más de las siete de la mañana y allí estaba, sola en el bosque frente a un terrorífico perro y su igualmente terrorífico dueño. Debería haber escuchado la voz de su cansado y dolorido cuerpo y permanecido una hora más en la cama. Los sucesos del pasado le habían pasado factura, pero nadie se atrevería a acusarla de ser perezosa.

Había un cierto aire de rabia contenida en ese hombre cuyas botas aplastaban la alfombra de ramitas y hojas, y que parecía avanzar hacia Karen con intención de comunicarle su sentencia de muerte. Se paró detrás del animal y acarició la cabezota de la bestia.

—Buen chico —dejó de darle palmadas al perro y hundió la mano en el bolsillo de la cazadora de cuero que parecía un artículo de alta costura a juzgar por cómo le sentaba.

—¿Buen chico? —Karen repitió las palabras en tono de incredulidad—. Su maldito perro, en caso de que eso sea un perro, sobre lo cual tengo serias dudas, me ha dado un susto de muerte. ¿En qué estaba pensando dejándole correr suelto por ahí?

—Estamos en un país libre. Se puede caminar durante kilómetros en estos bosques sin encontrar a otro ser vivo. Además, Chase no le haría daño... salvo que yo se lo ordenara.

Los gélidos ojos grises de ese hombre emitieron un destello. Junto con la voz profunda y cultivada, formaban un conjunto lo bastante poderoso como para inquietar a cualquiera.

—¿Chase? ¿Así se llama? ¿Y qué es exactamente? —parloteó Karen sin parar.

—Un gran danés —escupió el extraño como si solo un imbécil preguntaría tal cosa.

—Pues debería ir atado —ignorando el evidente desprecio de su mirada gris, ella cruzó los brazos abjurando en silencio de su capacidad, innata sin duda, para intimidar, y sorprendida ante su propia audacia al prolongar la conversación más de lo necesario.

Chase respiraba pesadamente lanzando hacia ella una nube de vapor. Las orejas seguían de punta, como si esperara instrucciones. Desconfiada, Karen no apartó los ojos del animal, por si acaso decidía atacar a pesar de las afirmaciones de su dueño.

—En mi opinión, los problemas los causan los extraños que pasean por el bosque quejándose de todo —el hombre encajó la mandíbula con arrogancia—. Vamos, Chase.

El perro se puso en movimiento y Karen supo que acababa de ser descartada cual insignificante molestia. Ni siquiera se había disculpado por darle un susto de muerte.

Quizás había exagerado un poco al exigir que el perro fuera atado en un bosque no precisamente abarrotado de gente, pero aun así... todavía tensa de indignación, se sintió aún más inquieta cuando el extraño se volvió para dedicarle una gélida mirada.

—Por cierto, en caso de que pensara venir por aquí mañana, no volveremos a elegir este camino. Chase y yo valoramos mucho nuestra intimidad.

—¿En serio pensaba que querría volver por aquí después del susto que acabo de llevarme?

Las comisuras de los labios de ese hombre se elevaron hasta formar una macabra caricatura de una sonrisa y Karen se puso lívida.

—Las mujeres no me sorprenden, Caperucita. Y ahora corra a casita. Y si alguien le pregunta por qué está tan pálida, puede decirle que se ha encontrado con el lobo feroz.

Sonriendo de nuevo, el extraño se dio media vuelta y se marchó.

—Muy gracioso —murmuró Karen sin aliento, aunque le pareciera cualquier cosa menos eso.

El crujido de una rama casi le hizo dar un brinco. Alarmada y furiosa, partió en dirección opuesta a la de ese tipo hostil y sombrío. Furiosa porque estaba llorando de nuevo. Aquella misma mañana se había prometido no llorar más.

De regreso a la cabaña de piedra donde se escondía desde hacía tres meses, comprobó con satisfacción que el fuego que había encendido en la chimenea estaba en su apogeo, chisporroteando y crujiendo agradablemente. Era increíble que esas pequeñas cosas cotidianas le produjeran tal satisfacción, seguramente porque había aprendido ella sola. El fuego empezó a caldear el húmedo ambiente de la vieja casa.

A veces incluso su ropa parecía húmeda cuando se la ponía por las mañanas. Y por la noche hacía tanto frío que se había acostumbrado a dormir con dos pijamas y el camisón. A su madre le horrorizaría un alojamiento así y sin duda le preguntaría qué intentaba demostrar viviendo en unas condiciones tan primitivas.

Estremeciéndose de frío, Karen se quitó el forro polar empapado y lo colgó de una silla. Puso la tetera de cobre al fuego y se regocijó ante la perspectiva de tomar un té. Era incapaz de pensar hasta la segunda o tercera taza y aquella mañana lo necesitaba más que nunca ante el terrorífico incidente con ese hombre de negro y su bestia.

Menudo gran danés, ¡se parecía más a un troll! ¿Quién sería ese hombre y de dónde venía? Llevaba tres meses en ese lugar y no había oído hablar de él. La señora Kennedy, la tendera local, era una fuente de información y nunca había mencionado al extraño irlandés de cultivado acento y su enorme perro, al menos no delante de ella.

El extraño paseante se había mostrado desagradable, antisocial y taciturno, pero empezaba a pensar que quizás no fuera más que una coraza para ocultar una profunda sensación de infelicidad. La expresión sombría de los extrañamente irresistibles ojos grises no dejaba de atormentarla. ¿Qué había detrás de semejante expresión? ¿Se estaría recuperando de alguna terrible conmoción o pesar? No le costaba nada imaginárselo. En los últimos dieciocho meses ella misma había bajado a los infiernos y regresado después.

En realidad aún no estaba segura del todo de haber regresado. Había días en que sentía tal oscuridad en su alma que era incapaz de levantarse por las mañanas. Pero, lentamente y poco a poco, había empezado a vislumbrar la posibilidad de sanación de su alma herida en ese hermoso lugar de Irlanda. Con sus salvajes montañas, misteriosos bosques y el vasto Océano Atlántico a un corto paseo a pie de la puerta de su casa, la belleza de aquel lugar había empezado a calar en la pesadumbre que la había dominado desde la tragedia. La Naturaleza y el aislamiento que la rodeaban habían sido como un bálsamo para liberar el miedo y el dolor de su corazón, y había empezado a comprender por qué la gente recurría a los poderes sanadores de la Naturaleza.

Algún día, cuando se sintiera bien, encontraría el valor para regresar a casa... Algún día.

Gray O'Connell no lograba olvidar a la bonita rubia que había perdido los nervios. Una irritante criatura. Con cada paso que daba, los exquisitos rasgos, sobre todo los hermosos ojos azules, se volvían más nítidos e irresistibles en su cabeza. ¿Quién demonios sería? Había unos cuantos británicos que tenían allí una residencia veraniega, pero a mediados de octubre esas casas solían estar vacías y abandonadas.

Y entonces recordó algo que le hizo pararse en seco. Sacudió la cabeza y soltó un gruñido. Desde luego no estaba haciendo gala de la aguda e incisiva mente que lo había ayudado a hacer una fortuna en Londres.

Consciente de quién podría ser, se preguntó qué haría allí a las puertas del duro invierno que rápidamente sustituiría al suave otoño, haciendo que hasta los habitantes locales añoraran el siguiente verano. ¿Sería una solitaria como él? ¿La habrían empujado las circunstancias personales a buscar refugio allí? Gray, como nadie, comprendía su necesidad de soledad y paz, aunque últimamente no pareciera ayudarlo en nada.

Sin querer seguir por esa línea de pensamiento, alargó las zancadas y se dirigió con decisión hacia su casa.

—Me encantaría un poco de ese pan, si puede ser, señora Kennedy.

Al otro lado del mostrador, Karen se admiraba de cómo Eileen Kennedy, regordeta y entrada en años, pudiera conservarse tan robusta y grácil. Sin parar de moverse de un lado a otro ante las estanterías, sin duda hechas a mano y que debían llevar siglos allí, buscaba las latas de fruta, paquetes de gelatina y preparados para salsas que componían la lista de la compra de Karen. Y todo sin dejar de parlotear animadamente en un tono extrañamente reconfortante. Karen se había acostumbrado a estar sola y no toleraba la compañía de otros durante mucho rato, pero la abuelita irlandesa constituía una excepción.

—¿No necesitará nada más hoy, querida? —Eileen sonrió cálidamente a la joven que, por una vez, no parecía tener tanta prisa por marcharse.

—Gracias, eso será todo —Karen pagó mientras sus mejillas se teñían de un repentino rubor al ser el objeto de tanto cariño–. Si he olvidado de algo, puedo volver mañana, ¿verdad?

–Desde luego. Será tan bienvenida como las flores en mayo. No puedo evitar pensar en lo solitaria que debe ser la vieja casa de Paddy O'Connell. Ya lleva aquí un tiempo, ¿no? ¿Y su familia? Seguro que su pobre madre debe echarla terriblemente de menos.

Karen sonrió inquieta, pero no contestó. ¿Para qué desencantar a esa amable mujer? Elizabeth Morton sin duda se alegraba de que su hija se hubiera trasladado a Irlanda por un tiempo indeterminado. Así se libraba de las incómodas emociones que tanto detestaba y que la presencia de Karen hacía que se manifestaran. Con Karen en Irlanda, Elizabeth podía fingir que todo iba bien en un mundo en el que era una maestra de las apariencias y del disimulo de los sentimientos, un mundo en el que podía relacionarse con sus amistades como si la tragedia no hubiese golpeado a su única hija.

Eileen Kennedy era demasiado astuta para no haberse dado cuenta de que la mención de la madre de Karen la había alterado. Su reticencia a hacer ningún comentario indicaba que algo había pasado. Tampoco podía culpar a la tendera por su curiosidad. A menudo sentía esa curiosidad en los habitantes locales con los que se cruzaba y que sin duda se preguntaban por la distante inglesa que había alquilado «la vieja casa de Paddy O'Connell», como se la conocía. No comprendían que lo único que quería era paz y tranquilidad. Pero no podían saberlo si ella no se lo explicaba...

–Tenga, querida... –con cuidado, la señora Kennedy guardó la compra en la cesta de Karen y operó la encantadora caja registradora, una reliquia de otros tiempos. Le devolvió el cambio y la miró con simpatía–. Perdone si he sido demasiado directa, pero tengo la sensación de que le vendría bien animarse un poco... y tengo una idea. Los sábados por la noche hay música y baile en el bar de Malloy, al otro lado de la calle, y allí será tan bienvenida como si fuera uno de los nuestros. ¿Por qué no viene? Mi marido, Jack, y yo iremos sobre las ocho. Le vendría bien un poco de música y baile. Le devolvería el color a esas encantadoras mejillas.

Música. Karen suspiró para sus adentros. Lo añoraba muchísimo, pero, ¿cómo volver a disfrutar después de lo sucedido? Habían pasado dieciocho meses. Dieciocho larguísimos meses desde que no había vuelto a tocar la guitarra. ¿Y si no conseguía volver a cantar? ¿Y si la tragedia le había privado definitivamente de la voz? Además, ¿qué sentido tenía? La carrera como cantante de Karen había sido el sueño de ella y Ryan. Después de la muerte de su marido, ya no se atrevía a perseguir ese sueño en solitario. La prensa la había bautizado como *la trágica princesa del pop*, y quizás siempre lo sería. Ese era uno de los motivos de su huida a Irlanda, la tierra natal de Ryan, al lugar más rural y recóndito que había podido encontrar, donde nadie hubiera oído hablar de ella.

Suspiró de nuevo y deseó no sentirse tan acorralada emocionalmente por una inocente invitación. Si pudiera volver a ser normal, si pudiera volver a incluirse entre la gente que se divertía... Contempló la perfecta fila de latas de judías y tomate frito que había detrás de Eileen Kennedy y se apremió para contestar algo. Cualquier cosa antes de que la amable tendera llegara a la conclusión de que era una maleducada. Sin embargo, la señora tras el mostrador no parecía impaciente por obtener esa respuesta. Como buena tendera, no parecía tener nada mejor que hacer que pasar un buen rato con algún cliente.

—No lo creo, señora Kennedy —contestó al fin—. Ha

sido muy amable al invitarme, pero yo no... me siento demasiado sociable ahora mismo.

—Y nadie espera que lo sea, querida. Todos comprendemos que tendrá sus motivos para haber venido aquí. Sospecho que intenta superar algo... o a alguien, ¿no? Y si alguien se pasa, Jack le pondrá en su sitio. Vamos, ¿qué daño puede hacerle?

Aquella era la pregunta del millón para Karen, y una para la que aún no tenía respuesta. De lo que no le cabía duda era de que aún no estaba preparada para alternar. En esos momentos preferiría saltar sin paracaídas desde un avión.

—No puedo. Agradezco de veras su ofrecimiento, pero ahora mismo... no puedo.

—Me parece justo, querida. Cuando se sienta preparada, venga con nosotros. Los sábados por la noche, Jack y yo siempre estamos en Malloy —Eileen sonrió.

—¿Señora Kennedy?

—¿Sí, querida? —la mujer se apoyó en el mostrador ante el inesperado susurro de la joven.

Karen se aclaró la garganta para armarse de valor. Ella, mejor que nadie, respetaba el derecho a la intimidad y odiaba que invadieran la suya, pero sentía una repentina necesidad de saber algo sobre el hombre del bosque. «El lobo feroz».

—¿Hay alguien aquí que tenga un perro enorme de color canela? Un gran danés, dijo.

—Gray O'Connell —replicó Eileen sin dudar—. Su padre vivía en la cabaña en la que se aloja.

—¿Su padre? ¿Su padre es Paddy O'Connell? —Karen frunció el ceño ante la impresión.

—Era. Paddy era un hombre estupendo hasta que sucumbió a la bebida... que Dios guarde su alma —la mujer se persignó y se inclinó hacia Karen—. Su hijo es el dueño de prácticamente todo lo que tiene algún valor por aquí, incluyendo la cabaña. Pero no parece muy feliz. A veces me pregunto cómo no habrá seguido el camino de su padre con todo lo sucedido. Espero que aquí encuentre la paz, con sus cuadros y demás.

–¿Es un artista?

–Sí, querida, y muy bueno por cierto. Mi amiga, Bridie Hanrahan trabaja en la casa grande limpiando y cocinando para él. De no ser por ella, no sabríamos nada de ese hombre. Se ha convertido en un ermitaño. Con razón dicen que el dinero no compra la felicidad, y en el caso de Gray O'Connell, es más cierto que nunca, si me pregunta.

Karen no contestó. No era asunto suyo. Ya había oído lo suficiente para saber que ese hombre tenía sobrados motivos para ser reservado, y ella sabría respetarlo.

–Tengo que irme. Gracias por todo, señora Kennedy.

–¿Puedo preguntar por qué siente curiosidad por Gray O'Connell?

Karen se sonrojó violentamente y fijó la mirada en un barril de hermosas manzanas.

–A veces paseo por el bosque a primera hora de la mañana. Hoy me he tropezado con él y con su perro, eso es todo –no iba a contarle que casi había muerto del susto.

–Él también madruga mucho, según tengo entendido –Eileen se encogió de hombros–. ¿Al menos sujetó esa lengua suya?

–Más o menos –Karen la miró durante un instante con expresión de sufrimiento–. No parecía sentirse muy comunicativo tampoco.

–Desde luego era él. Hubo un tiempo en que era totalmente distinto, pero la tragedia cambia a las personas, eso es una gran verdad. Algunas no vuelven a ser las mismas.

«A mí me lo va a decir», Karen asintió en silencio.

–Bueno, gracias de nuevo, señora Kennedy. Nos vemos.

–Cuídese, querida. Hasta pronto.

Durante los días que siguieron, no se adentró en el bosque y eligió pasear por la playa desierta, bien abrigada con un jersey y unos vaqueros, chubasquero y guantes. Casi todas las mañanas llovía muy suavemente, pero a Karen no le molestaba y en muchas ocasiones encajaba a la perfección con su melancolía. Si tuviera que esperar a que hiciera buen tiempo, nunca pasaría de la puerta.

Se había aficionado a recolectar caracolas marinas y su mirada se dirigía instintivamente hacia las más delicadas y bonitas. Hacía poco había añadido dos ejemplares más grandes a su colección. De regreso a la cabaña las había dispuesto en el alféizar de las ventanas aspirando el aroma marino que aún conservaban. Pero, sobre todo, se limitaba a caminar hasta que le dolían las piernas, sin oír nada más aparte del mar y las gaviotas.

Pensaba en Ryan a menudo. La mayoría de los días reflexionaba con tristeza sobre lo mucho que le hubiera gustado compartir con ella esos paseos. Lo que le hubiera gustado compartir con ella sus conocimientos sobre las plantas y animales autóctonos y alimentar su imaginación con viejos relatos irlandeses sobre reyes y cuentacuentos, sobre magia y mitología. Había perdido a su mejor amigo, además de esposo y manager.

Una mañana descubrió que no estaba sola en la playa. Paralizada ante la enorme huella, Karen sintió que el corazón empezaba a galopar alocadamente. Protegiéndose los ojos del sol con la mano, miró hacia delante. Y allí estaban, a lo lejos, el «lobo feroz», y su colega, Chase. Karen sonrió en una de las escasas ocasiones que había encontrado para hacerlo en los últimos meses, generándole una sensación extrañamente estimulante.

Sin dejar de sonreír, le dio una patada a unas algas y caminó hacia el borde de la playa. La espuma del mar salpicaba sus botas mientras ella intentaba no levantar la vista de nuevo para comprobar si el hombre y su bestia se habían marchado. En cambio, fijó la mirada en el horizonte y en las dos pequeñas barcas que se bamboleaban en el agua, seguramente de pescadores que se enfrentaban valientemente a las olas para ganarse la vida. Unos minutos después, les deseó silenciosamente una buena pesca y se volvió para marcharse.

La sorpresa hizo que se quedara sin respiración al ver a Chase galopando hacia ella. Y tras él su amo. Incluso desde lejos se veía que no estaba contento de verla. «Pues que se fastidie», pensó ella, preparándose para otro desagradable encuentro. Sin embargo, se sorprendió al ver que el perro se paraba en seco a escasos centímetros de ella. El animal se sentó y la miró con tal expresión de expectación que Karen se descubrió sonriéndole.

—Perro tonto —murmuró mientras le daba una palmadita en la cabeza. Para su alivio no la intentó morder sino que hizo un sonido de satisfacción, casi como el ronroneo de un gato.

—Vaya, parece que Caperucita ha domesticado a la bestia —Gray contemplaba la escena con una expresión casi de diversión.

Inmediatamente recelosa, ella dejó de acariciar al enorme perro y hundió las manos en los bolsillos del chubasquero. De repente ya no sentía ninguna gana de sonreír.

–¿A qué bestia se refiere? –preguntó con osadía.

–Hace falta más que una chiquilla de bonitos ojos azules para domesticarme a mí, señorita Ford –contestó Gray enarcando una ceja en un gesto burlón.

–¿Sabe quién soy? –ignorando el comentario, Karen frunció el ceño.

–Debería. Se aloja en la vieja cabaña de mi padre. Soy su casero.

Si había esperado impresionarla, Karen jugaba con ventaja gracias a Eileen Kennedy.

–Eso descubrí el otro día, señor O'Connell. Y por cierto, me gustaría que dejara de referirse a mí como a una chiquilla. Tengo veintiséis años y soy toda una mujer.

No había pretendido que la última parte del comentario resultara petulante y, para su completo sofoco, Gray O'Connell echó la cabeza hacia atrás y soltó una carcajada. Sin embargo, para Karen, la risa de ese atractivo hombre resultó burlonamente cruel.

–Le tomaré la palabra sobre lo de ser una mujer, señorita Ford. ¿Quién podría adivinarlo bajo esa prenda informe que lleva?

–No hay necesidad de ser tan grosero –las mejillas de Karen ardían de indignación–. No esperará que camine por la playa con este tiempo con algo vaporoso y transparente...

Los inquietantes ojos grises recorrieron insolentemente su figura de pies a cabeza.

–Haría falta más que eso para calmar a la bestia que llevo dentro, señorita Ford, pero la idea me resulta cada vez más atractiva...

–¡Es usted imposible! –exclamó Karen y, para su total consternación, acompañó sus palabras con una patada en el suelo.

De inmediato se sintió inmensamente idiota y demasiado al borde de las lágrimas para poder decir nada más. Chase permanecía frente a ella con la cabeza ladeada, como si la comprendiera y simpatizara con ella.

—Me temo que no es la primera mujer en acusarme de tal cosa —murmuró Gray—. Y no será la última. Por cierto, me alegra que nos hayamos encontrado. Quería comentarle una cosa.

—¿En serio? —ella frunció el ceño preocupada—. ¿Y de qué se trata, señor O'Connell?

—Del preaviso para que abandone la casa. En quince días a partir de hoy.

La sangre rugía en los oídos de Karen mientras contemplaba incrédula el impasible rostro de Gray O'Connell. ¿Quería que abandonara la casa? ¿En quince días? No es que tuviera ningún plan, pero había contado con quedarse allí por lo menos un par de meses más. Marcharse justo cuando empezaba a sentirse parte de ese lugar... era inquietante e impensable. Y todo porque no le había caído bien al endemoniado de su casero.

—¿Por qué? —preguntó casi sin aliento con gesto de desilusión.

—Por lo que yo sé, no estoy obligado a darle explicaciones —Gray se encogió de hombros.

—No, pero es una cuestión de cortesía, ¿no?

—Vuelva a su bonita vida suburbana británica, señorita Ford —los ojos grises emitían gélidos destellos—. Que no le engañen el paisaje o la supuesta paz de este lugar. Aquí no hay paz posible. Un lugar como este, una vida como la mía, no deja tiempo para cortesías.

Sus palabras resonaron con tal rabia que, por un momento, Karen no supo qué hacer. Una parte de ella deseaba salir huyendo, regresar a la cabaña y hacer las maletas, pero algo perverso en su interior le conminaba a quedarse y enfrentarse a él, hacerle comprender que no era el único que sufría. «Aunque no me escuchará».

–Me da lástima, señor O'Connell.

Karen fijó peligrosamente la mirada en los fríos e inexpresivos ojos grises desprovistos de nada que pudiera parecerse siquiera remotamente a la calidez humana. Después se centró en la nariz patricia, sin duda una obra de arte. Descendió unos milímetros y se topó con unos perfectamente esculpidos labios que dibujaban una línea de amargura y hostilidad. A pesar de la sombría perspectiva que tenía ante ella, no pudo evitar apreciar ese rostro, devastador en su hermosura.

–Me da pena, sí, pena. Al parecer ha olvidado todo rasgo humano. Supongo que está furioso por algo... y también herido. Pero la rabia solo genera más rabia. Le hace más daño a sí mismo de lo que le hace a los demás. No sé qué le estará atormentando, pero me gusta la cabaña de su padre... y me encantaría quedarme allí un poco más. Si lo que quiere es más dinero, entonces...

–¡Guárdese su maldito dinero, mujer! ¿Cree que lo necesito?

Gray contempló el mar con gesto sombrío. Tenía la mandíbula encajada y los ojos echaban chispas, prisionero en su propio mundo. Era un hombre voluntariamente aislado del resto de la humanidad y del consuelo que podría hallar en ella. Karen estaba petrificada. Ese hombre era como un iceberg: distante, glacial e impenetrable. Si había albergado la esperanza de apelar a su buen corazón, cada vez tenía más claro que carecía totalmente de él.

Tras llegar a esa conclusión, se volvió para marcharse, sorprendida cuando Chase empezó a seguirla gimoteando como si no quisiera que se fuera.

–Ha hechizado a mi perro, pequeña bruja.

Las siguientes palabras de Gray hicieron que Karen se parara en seco, sin aliento.

–Cuanto antes se vaya, mejor, señorita Ford. Dos semanas. Después quiero que se marche.

Dicho lo cual se fue con largas zancadas que marcaban los músculos de las pantorrillas a cada paso, seguido por Chase, no sin antes dirigirle una mirada cargada de tristeza a Karen.

Capítulo 2

EL DÍA siguiente al desafortunado segundo encuentro con Gray O'Connell, el frío que llevaba un tiempo amenazando con instalarse, llegó con toda su virulencia. Habiendo dormido muy poco, Karen decidió quedarse en casa. Tras una agotadora lucha para encender el fuego, se dejó caer en uno de los desgastados sillones con una taza de limonada caliente en la mano intentando no caer en la autocompasión, todo un reto para alguien con los ojos enrojecidos y la nariz irritada de tanto sonarse.

Fuera, la lluvia arreció con repentina fuerza y las ramas de los árboles crujieron terroríficamente, pero sorprendentemente no le molestó. No cuando algo mucho más inquietante alteraba su tranquilidad de espíritu. Era injusto tener que abandonar la cabaña, porque a Gray O'Connell no le gustara su persona. ¿Qué otra razón podría haber?

Quizás fuera mejor así. Los penosos modales de los que hacía gala no auguraban felices encuentros futuros. Tendría que buscarse otra casa en la zona. Aún no estaba preparada para regresar a la suya. No cuando le aguardarían las inevitables preguntas y algunas críticas por parte de parientes y amigos. No estaba preparada para explicar sus sentimientos o acciones. Durante un año se había esforzado en fingir que controlaba la situación para, al final, darse cuenta de que tenía que marcharse.

Dejando a un lado la taza volvió a sonarse la nariz, procurando no irritarla. Pero un segundo después empezó a sollozar. Echaba tanto de menos a Ryan... Había sido su compañero, su apoyo. Se lo habían arrebatado demasiado pronto, cruelmente, sin siquiera poder despedirse. Su cuerpo y su mente se habían congelado desde entonces. Nadie podía consolarla. Ni su madre, ni su familia, ni los amigos. «Solo tú podrías, Ryan», pensó.

Rodeándose la cintura con los brazos en un intento de consolarse a sí misma, supo que aquel era un gesto inútil. Nada podía sanar su corazón. Solo el paso del tiempo podría emborronar los contornos de la tristeza y, al final, cuando se sintiera preparada, permitir que regresaran a ella las personas que se preocupaban de verdad.

El golpe de nudillos en la puerta la dejó petrificada y silenciosamente rogó para que quienquiera que fuese que hubiese acudido a su casa con ese tiempo infernal, se marchara. Moverse en el sillón le suponía un colosal esfuerzo, mucho más ponerse de pie.

La llamada se repitió, atravesando como una guadaña la martilleante cabeza de Karen. Apresuradamente se secó las lágrimas con el pañuelo húmedo y arrugado.

En medio de la lluvia, con el agua resbalando sobre el frío y hermoso rostro y los brazos cruzados sobre el pecho, Gray O'Connell se apoyaba contra el quicio de la puerta.

–¿Puedo entrar?

Sorprendida de que no hubiera irrumpido en la casa sin más, Karen asintió sin decir nada. El chisporroteante fuego creaba un ambiente acogedor a pesar de la falta de sociabilidad de la inquilina que con resignación regresó al sillón. Si no se hubiera sentido tan patética, le habría pedido que se marchara. Como inquilina, tenía ciertos derechos. Gray se acercó lentamente al fuego con la cazadora goteando sobre el suelo parcialmente cubierto con una alfombra tejida a mano que debió haber sido hermosa y resplandeciente, pero que ya no era más que una sombra de sí misma.

—Será mejor que se quite la cazadora –sugirió Karen–. Está empapado.

Se levantó de nuevo del sillón y esperó a que él le entregara la prenda sin decir una palabra, para colgarla detrás de la puerta. Olía a viento, lluvia y mar y durante un inquietante y loco instante se imaginó capaz de captar el masculino aroma de su dueño y permitió que sus manos acariciaran durante más tiempo del necesario el suave cuero.

De regreso al salón le llamó la atención la solitaria imagen que desprendía su invitado. Tenía las manos extendidas hacia el fuego y el hermoso perfil quedaba desfigurado por un gesto de tal desolación que el corazón de Karen dio un vuelco. ¿Qué querría de ella? Ya le había dejado claro que no la quería como inquilina.

—No podía pintar –Gray se volvió brevemente hacia ella y casi de inmediato desvió la mirada hacia el fuego–. Hoy no. Y por una vez no deseaba estar solo.

—Ya me habían contado que era artista.

—Y estoy seguro de que no es lo único que le han contado. ¿Verdad? –sacudió la cabeza.

A pesar de su recelo innato, Karen se acercó a él espoleada por la sorpresa y la compasión. De repente, la inexplicable necesidad de ofrecer consuelo a ese hombre había eclipsado todo lo demás, incluso sus propios sentimientos de miseria y dolor.

—¿Hay algo que pueda hacer para ayudar?

—¿Ayudar en qué? ¿Para liberarme de la permanente tristeza que me acompaña a todas partes? No. No hay nada que pueda hacer para ayudar –concluyó con voz áspera.

Gray se apartó del fuego y comenzó a pasear por la habitación. Era un hombre imponente de anchos hombros, cabellos negros como la brea y una estatura que hacía que la ya de por sí pequeña estancia pareciera haberse encogido.

—No hay nada que pueda hacer salvo no hacer preguntas y permanecer callada —continuó en un tono menos irritado—. Aprecio a las mujeres que saben guardar silencio.

Instintivamente, Karen comprendía esa necesidad de silencio. Había percibido el tormento reflejado en sus ojos y la amargura en sus labios, y no se sintió ofendida. Calzada únicamente con unos gruesos calcetines blancos, se dirigió de nuevo al sillón. Recogió el libro que había intentado leer poco antes y tras dejarlo en la mesita de café, le ofreció a Gray una débil sonrisa.

—Muy bien. Nada de preguntas. Me quedaré aquí quietecita.

A pesar de hablar en serio, Karen no pudo evitar formular innumerables preguntas y especulaciones en su mente acerca del taciturno casero.

—¿Por qué estaba llorando?

La pregunta rasgó el comúnmente acordado silencio que los había envuelto e hizo que Karen se estremeciera de pies a cabeza.

—No estaba llorando —se apresuró a negar, retomando el libro y contemplando, sin ver, la cubierta—. Estoy resfriada —se sonó la nariz en un intento de ilustrar el comentario.

—Estaba llorando —insistió Gray dedicándole una acerada mirada—. ¿Acaso no me cree capaz de adivinar cuando una mujer ha estado llorando?

—No lo sé. No sé nada de usted —ella parpadeó con tristeza y contempló las pálidas y heladas manos que sujetaban el libro invadida por una punzada de angustia.

¿Por qué había tenido que aparecer? Había un viejo dicho según el cual «mal de muchos, consuelo de tontos», pero en aquellos momentos ella solo deseaba que la dejara sola con su desdicha.

–Es que no quiero que sepa nada de mí –Gray sacudió la cabeza como si estuviera despejando su mente de algún pensamiento inquietante y la miró fijamente.

Karen se retrajo aún más en sí misma y desvió la mirada nuevamente hacia el libro. Había perdido toda esperanza de leer, no mientras el sombrío casero ocupara todo el espacio.

–Seguramente pensará que es injusto –continuó él–. Es evidente que he invadido su paz y tranquilidad y que está disgustada.

–Si necesita hablar... si necesita que alguien le escuche sin hacer juicios ni comentarios, puedo hacerlo –contestó ella tímidamente con el corazón acelerado ante la incertidumbre.

–De acuerdo –asintió Gray–. Muy bien. Hablaré –respiró hondo y repasó sus pensamientos–. Mi padre vivió en esta casa durante cinco años antes de morir –dejó de caminar y la miró con expresión atormentada–. Nunca me permitió arreglar nada. Le gustaba todo tal y como estaba. Decía que no quería mi dinero. Estaba enfadado conmigo porque no me quedé a trabajar en la granja. Antes había sido la granja de su padre y antes de su abuelo. No comprendía que los tiempos hubieran cambiado. Yo no llevaba la tierra en la sangre, tenía otros sueños. Además, un hombre apenas podría ganarse la vida trabajando la tierra hoy en día, no cuando los supermercados prefieren traer frutas y verduras de Perú antes que comprarlas a los productores locales.

Durante un instante su expresión fue de desprecio.

–Mi padre me preguntó en una ocasión qué había

conseguido con mi refinada educación y mi inteligencia. Según él, mi único logro había consistido en alejarme de este lugar, de mi casa –hizo una pausa como si sopesara lo acertado o no de continuar con la historia–. A él no le impresionaba que hubiera hecho fortuna en la Bolsa y me preguntó cuánto dinero necesitaba un hombre para ser útil en la vida. Desde entonces he estado reflexionando sobre su pregunta. No estoy seguro de la utilidad, pero al final encontré algo que hacer con mi vida que me proporcionó todavía más placer que ganar dinero. Descubrí que adoraba pintar y, quién lo iba a decir, resultó que tenía talento para la pintura. Mi deseo de desarrollar ese talento en mi tierra hizo que al final regresara aquí, aunque demasiado tarde para que Paddy y yo nos reconciliásemos. Estaba demasiado amargado y lleno de resentimiento por lo que había perdido y, tres meses después, murió a causa de la bebida. Lo encontré muerto en la playa una mañana con media botella de whisky en el bolsillo. Se había aplastado la cabeza contra una roca.

Una solitaria lágrima cayó sobre la portada del libro de Karen. La desolación de Gray se había fundido con la suya propia contribuyendo entre ambas a abrir las compuertas de un dique que intentaba mantener cerrado. Era demasiado duro para poderlo soportar.

–Lo siento.

–No necesito que sienta lástima por mí. Lo que sucedió fue todo producto de mi egoísmo. ¡Maldita sea! –se alisó los cabellos empapados por la lluvia–. No sé por qué se lo estoy contando. Nunca he creído en las bondades para el alma de la confesión. Supongo que ha sido un momento de locura transitoria.

–A veces ayuda hablar.

–¿En serio? Yo no estoy tan seguro. Pero entiendo que para un hombre pueda resultar tentador confiarse a usted. Esa voz tan dulce y tranquila podría aliviar el dolor... al menos durante un tiempo. Aunque no es eso lo que busco —concluyó Gray con sarcasmo.

—Créame, no soy ninguna experta en curar el dolor de los demás, y jamás fingiría serlo.

—Entonces estamos a la par, ¿verdad? porque yo no busco la curación. De manera que no cometa el error de pensar que vine por ese motivo —lanzándole una breve mirada de advertencia, Gray O'Connell se encaminó hacia la puerta y descolgó bruscamente la cazadora aún empapada.

—Quizás... quizás le apetecería tomar una taza de té conmigo —ignorando el insulto, Karen se puso en pie y sonrió inconscientemente cautivadora.

La expresión de salvaje deseo que vio en los ojos grises la dejó petrificada. En su interior prendió una llama que invadió su cuerpo y tiñó de rojo sus mejillas.

—No necesito té, señorita Ford. Y algo me dice que no es la clase de mujer dispuesta a ofrecerme lo que necesito ahora mismo.

No había necesidad de explicarlo. La fuerza del deseo era palpable como una tormenta a punto de estallar.

—Y por cierto, puede quedarse aquí todo el tiempo que desee —Gray se puso la cazadora y abrió la puerta con desmesurada fuerza—. Puede quedarse o marcharse... Me da igual.

Agarrándose a la puerta, Karen lo vio marchar bajo la lluvia con la cabeza agachada como un hombre cuyos hombros cargaran con el peso del mundo. Espantada, descubrió en sí misma el deseo de hacer que se quedara y el corazón empezó a galopar salvajemente. Al parecer su casero no era el único en haber sucumbido a la locura transitoria. Era inquietante pensar en cómo la mirada de deseo había conseguido excitarla. O quizás fuera que había pasado mucho tiempo desde que un hombre la había mirado con deseo.

Tras la muerte de Ryan había decidido que jamás volvería a desear o necesitar a un hombre. Y lo increíble era que alguien como Gray O'Connell la deseara, especialmente en un estado tan poco atractivo. Sus cabellos, habitualmente brillantes y sedosos habían perdido el lustre, y el catarro le hacía parecer una huerfanita famélica que necesitaba ser arropada en la cama con una botella de agua caliente y un tazón de caldo.

Sintió el calor en el cuerpo al recordar la afirmación de Gray de que no era la clase de mujer que pudiera ofrecerle lo que él necesitaba. ¿Cómo podía saberlo? Pasar una tras otra noche fría y solitaria, sufriendo en la cama, era capaz de hacer enloquecer a cualquiera.

Karen se quedó sin respiración al ser consciente de haber contemplado tal cosa con un extraño, sobre todo cuando minutos antes había estado llorando por Ryan. Cerró la puerta y apoyó la espalda contra ella mientras cerraba los ojos. Gray O'Connell buscaba un puerto donde guarecerse de la tormenta. Y quizás, ella también. El hombre al que amaba y con el que se había casado se había marchado para siempre.

Al menos el sombrío casero le permitía quedarse, aunque le hubiera comunicado su decisión como quien arroja unas migajas. No había realmente motivos para sentirse tan ridículamente agradecida, pero lo estaba.

El sábado, Karen hizo una visita más prolongada a la ciudad. Animada por la decisión de su casero, decidió celebrarlo comprando algunas cosas para decorar la cabaña. Al marcharse, las dejaría para quien llegara después que ella.

Con esa idea en mente, recorrió las calles y callejuelas entrando y saliendo de acogedoras tiendas y librerías, probando texturas, aromas y colores, y comprando algunas cosas.

La mayor parte del tiempo estuvo acompañada por la agradable música irlandesa que surgía de muchos de los pubs ante los que pasaba. Esa música siempre la conmovía, haciéndole sentirse feliz y triste al mismo tiempo. Feliz por la alegría que generaba en ella y triste porque seguramente había abandonado esa vida para siempre. Aun así, los dedos que se enroscaban alrededor del bolso ardían en deseos de tocar una guitarra y, durante un instante, tuvo una visión del instrumento escondido bajo su cama.

Desterrando el pensamiento, entró en una cafetería para tomar un café con un bollo, contenta de estar entre extraños que le permitían disfrutar del refrigerio en paz.

Cuando salió nuevamente a la calle, la luz empezaba a declinar y la gente se dirigía a sus hogares. Siguiendo un impulso, entró en la librería que había enfrente de la cafetería y compró un librito que le había ofrecido no poco consuelo en los meses que siguieron a la muerte de Ryan y que, desafortunadamente, se había dejado en Gran Bretaña. Por último se encaminó hacia el coche aparcado.

Karen destapó la cacerola que desprendía un delicioso aroma a cordero y hierbas aromáticas y su estómago empezó a rugir. El día de compras le había abierto el apetito y se alegró de haber dejado la cena preparada la noche anterior.

Las velas aromáticas encendidas por el diminuto salón lo impregnaban todo del aroma de sándalo, almizcle y vainilla creando un ambiente cálido, balsámico y relajante. Había decidido cuidarse más, no solo comiendo saludablemente y haciendo ejercicio con regularidad, sino también relajándose.

La vida con Ryan había sido maravillosa, pero los dos últimos años antes de su muerte habían estado repletos de compromisos, dejándoles muy poco tiempo para ellos mismos. Viajar por todo el país le había pasado factura y Karen se había prometido dedicarse algún día a ella misma. Y ese día parecía haber llegado.

La atmósfera de la cabaña resultaba extrañamente evocadora y despertó en ella recuerdos del pasado, de una vida más sencilla en la que la gente trabajaba la tierra y tenía que luchar para llegar a fin de mes. De una época en la que había habido mucho más sentimiento comunitario. Pero también flotaba en el ambiente cierta tristeza y melancolía.

No había podido quitarse de la cabeza la historia del padre de Gray O'Connell, Paddy. No le suponía ningún esfuerzo imaginarse a ese hombre viviendo allí solo sin más compañía que sus recuerdos y el whisky. Sin duda Paddy había echado de menos a su hijo al marcharse este a hacer fortuna y, sin duda, se había sentido orgulloso del éxito de ese hijo, aunque le habían faltado las palabras o el valor para decírselo.

Al final cada uno decidía cómo responder a los desafíos de la vida, pensó, y si Paddy había buscado el consuelo en la bebida, había sido por decisión propia, no por Gray.

Era muy diferente al dulce y amado Ryan. Recordó con ternura el talento de su marido para la comunicación y su habilidad para encontrar una palabra de ánimo para cualquiera que se mostrara abatido. En el negocio de la música no era normal encontrar un temperamento así y había tenido mucha suerte de poder compartir su vida con él, aunque hubiera sido solo durante un brevísimo tiempo.

Emitió un prolongado suspiro y se sintió mejor al ver los impresionantes resultados de sus esfuerzos por hacer fuego aquella noche. Las llamas chisporroteaban altas y feroces creando un ambiente cálido y acogedor. Al fondo, de la radio portátil surgían sonidos amortiguados de conversaciones y risas y, por primera vez en mucho tiempo, se sintió realmente en paz, o al menos sin echar nada de menos, ni siquiera la compañía de otro.

Su mirada recorrió la estancia con satisfacción. Los tres pequeños grabados que había comprado, de sendas cabañas tradicionales de piedra sobre un paisaje verde esmeralda, estaban cuidadosamente dispuestos sobre la chimenea. En un sencillo, aunque elegante, jarrón de cristal que había adquirido en una chamarilería había metido un ramo de rosas rojas y de color crema cuyo evocador aroma se mezclaba con las velas aromáticas. Quizás no fueran más que pequeñas e insignificantes cosas, pero le producían un inmenso placer.

Se alisó los recién lavados cabellos con la mano y echó una ojeada a los vaqueros desteñidos y el jersey rojo que llevaba puesto. Ambas prendas se habían deteriorado tras numerosos lavados, pero habían adquirido la amable consistencia del viejo amigo. Tras la muerte de Ryan no le quedaban muchos viejos amigos. Era curioso cómo la pérdida de un ser querido o bien unía a las personas o las separaba.

Desterrando la idea, se preguntó si no debería ponerse algo más femenino, haciendo una concesión a su nuevo sentimiento de optimismo. En el armario guardaba dos bonitos vestidos de algodón de la India uno de color verde con terciopelo rojo y otro de un espléndido color morado. Quizás podría ponerse uno para resaltar todo lo bueno que había hecho por ella misma ese día.

A punto de dirigirse al dormitorio para cambiarse,

casi dio un brinco al oír la llamada a la puerta. Al abrirla fue recibida por la noche, el gélido aire y el austero Gray O'Connell.

–He comprado algunas cosas para la cabaña. Si le parece bien, las traeré por la mañana.

Gray se dirigió a ella sin ningún preámbulo y sin siquiera saludar. Al fundirse sus miradas, Karen sintió una sacudida en el corazón, pues nunca había percibido tanta soledad en unos ojos.

–Claro... por supuesto. Mañana estará bien –lo que pudiera haber comprado le parecía irrelevante en ese momento.

–Bien –él se dio media vuelta sin molestarse en despedirse.

Por algún motivo que no se molestó en analizar, Karen sintió que no podía dejarle ir.

–He preparado estofado para cenar –balbuceó mientas se sonrojaba, consciente de que había atraído su atención por completo–. Hay más que de sobra para dos... suponiendo que no haya cenado ya.

–¿Se trata de alguna costumbre suya?

–¿Cómo?

–Quiero decir que si normalmente invita a personas a las que apenas conoce –preguntó Gray irritado.

–El otro día apareció y entró en la casa sin ser invitado. ¿Cuál es la diferencia?

–Le pregunté si podía pasar y me contestó que sí.

–Por supuesto. Usted es mi casero. De manera que sí lo conozco, ¿verdad?

–Maldita sea, está sola aquí.

Hablaba como si la encontrara demasiado relajada por su seguridad personal para su gusto. Karen se sintió intimidada por la vehemencia en el tono de voz. Cualquiera que no los conociera pensaría que estaba preocupado por ella, lo cual era totalmente ridículo.

–Aquí estoy perfectamente a salvo –contestó ella con voz deliberadamente tranquila–. Solo he sentido miedo en una ocasión y fue cuando me crucé con el lobo feroz en el bosque.

Durante un instante el rostro de Gray se tensó antes de relajarse de nuevo. Las comisuras de los labios temblaron en un amago de sonrisa. Ese gesto le hizo parecer indecente y peligrosamente atractivo y Karen empezó a cuestionar su acierto al invitarlo.

–¿Y la dejó escapar? –preguntó él inocentemente.

–Sí... me dejó ir –Karen se quedó sin aliento.

–Uno de estos días, esos enormes ojos azules la van a meter en un lío, chiquilla.

–No soy una chiquilla, deje de llamarme así. Soy una mujer... que ya ha estado casada.

–¿En serio? ¿Está divorciada? –con un travieso destello en la mirada, Gray entró en el salón.

Tras contar hasta cinco, Karen cerró la puerta dejando el frío y la lluvia fuera. Temblaba violentamente, pero no a causa del tiempo. Su invitado se había quitado la cazadora y la había arrojado descuidadamente sobre el brazo del sillón. Una vez más se acercó al fuego y extendió las manos para calentarse. Ella pensó que harían falta más de cien hogueras como esa para caldear el gélido río que circulaba en las venas de Gray O'Connell.

–Soy viuda –anunció, recibiendo con ello la atención completa del hombre.

–¿Cuánto hace que perdió a su hombre? –preguntó en un tono casi poético.

–Dieciocho, casi diecinueve, meses –Karen se alisó nerviosamente los cabellos con las manos y se preparó para recibir algún comentario cáustico de ese enigmático hombre de gruesa coraza. De todos modos, tampoco buscaba su simpatía.

–¿Por eso vino aquí? –Gray deslizó la mirada por el cuerpo de Karen antes de regresar a la cabeza, mostrando un inquietante interés por su boca.

–En cuanto a ese estofado –Karen hizo una mueca–. Espero que tenga hambre...

–¿Cómo murió? –insistió él mirándola con la determinación de un interrogador profesional.

–No... yo no quiero hablar de ello –con impaciencia, enrolló un mechón de cabellos entre los dedos y lo echó hacia atrás.

–Si no recuerdo mal, en una ocasión sugirió que hablar ayudaba.

Karen lo miró a los ojos y se sintió inexplicablemente irritada. Ella solo había pretendido mostrarse comprensiva y compasiva.

–Pero no le convencí, ¿por qué debería comportarme yo de manera distinta?

–En mi caso sabía que no sería de ninguna utilidad. Si embargo usted, señorita Ford, es un caso distinto. Por cierto, ¿cuál es su nombre?

–Es evidente que ya sabe que es Karen, puesto que es mi casero. Los de la agencia deben haberle informado de ello.

–A lo mejor quería oírlo de sus propios labios –Gray enganchó entre los dedos el grueso cinturón de cuero que llevaba–. Apenas me parece lo bastante joven para estar casada... mucho menos viuda.

–También sabe cuántos años tengo. Ya se lo dije. Ryan y yo estuvimos casados cinco años. Su muerte supuso una terrible conmoción. No hubo ningún aviso y yo no estaba preparada. No había estado enfermo. Trabajaba mucho... demasiado, muchas horas sin descansar, pero claro, así es la vida moderna, ¿no?

Los azules ojos se volvieron gélidos.

–La vida que nos han enseñado a admirar, como si

hubiera un gran mérito en trabajar duro y morir joven. Mi esposo sufrió un infarto fulminante a los treinta y cinco años. ¿Se lo puede creer? Cuando se marchó, yo también quise morir. De modo que no me diga que no parezco lo bastante mayor para estar casada, porque en esos breves cinco años con mi esposo viví más que la mayoría de la gente en cincuenta.

Karen temblaba de la emoción, espantada ante la apasionada demostración de sentimientos que acababa de hacer delante de un hombre que seguramente consideraba tales manifestaciones como un signo de debilidad. Pero ya era demasiado tarde.

Con el rostro frío e impenetrable, modelo de autocontrol, Gray recuperó la cazadora del colgador y se la puso. Mientras Karen aún luchaba por recobrar la compostura, pasó ante ella con gesto de amargura y esta dio un paso atrás. En los grises ojos se reflejó un breve destello de inquietud, como si le desconcertara el que ella pudiera sentir miedo de él.

—Siento su desgracia, señorita Ford, y siento que haya invadido su intimidad sin ningún derecho. No vine aquí para hacerle revivir dolorosos recuerdos. La veré por la mañana, si le sigue pareciendo bien. De lo contrario, podemos dejarlo para otro momento.

—Mañana estará bien —Karen asintió mientras se arrancaba unas pequeñas bolas del jersey.

—De acuerdo. Pues entonces le deseo buenas noches —Gray contempló con avidez el pálido rostro, los azules ojos y las rubias pestañas que le recordaban a un fauno. Los labios, desprovistos de maquillaje, eran carnosos y temblaban. «No es fácil encontrar una belleza tan inocente y natural en una mujer», reflexionó.

Karen lo oyó alcanzar la puerta, abrirla y salir al exterior, y su cuerpo pareció tomar vida propia ya que se encontró corriendo tras él en medio de la noche, con los ojos entornados a causa de la lluvia que caía sobre su rostro.

—¡Gray!

La voz que surgió de sus labios estaba cargada de angustia y algo más... algo que Gray registró en su mente con gran tensión. El calor lo atravesó al ser consciente de ese algo más, haciendo que se pusiera duro de deseo.

—¿Qué?

—Solo quiero... quiero que...

—No me pida que me quede, Karen. Acabaría haciéndole daño, créame.

—Quiero... necesito —balbuceó ella mientras buscaba inútilmente las palabras—. ¡Por el amor de Dios! ¿Hace falta que se lo explique?

Karen estalló en sollozos. ¿Por qué era tan difícil decir lo que quería? Echaba de menos la parte física del matrimonio. Echaba de menos a alguien que la tocara y le hiciera sentir otra vez como una mujer. No deseaba una relación con Gray O'Connell. Era el último hombre en el mundo con el que desearía tal cosa. Estaba demasiado enfadado, demasiado herido, para mostrarse amable. Pero ambos habían sufrido en la vida, ¿por qué no consolarse mutuamente? No tenía que significar nada más.

—Cariño, no sería más que sexo —afirmó él con frialdad como si hubiera leído sus pensamientos—. Nada más. No sería hacer el amor, no habría corazones y violines... solo sexo, lisa y llanamente. ¿Le parece bien algo así?

Las palabras de Gray la despertaron espantada. Sin apenas fuerza en las piernas para sostenerse, parpadeó furiosamente para contener las lágrimas, para contener la lluvia.

—¿Siempre ha sido tan cruel? —preguntó—. Apuesto

a que de niño le arrancaba las alas a las libélulas, colocaba trampas para pobres e indefensos animalitos...
¡Apuesto a que le partió el corazón a su madre!

—Mi madre se suicidó cuando yo tenía tres años —en
dos zancadas, Gray estuvo a escasos centímetros de ella—.
Quizás la culpa fue mía por nacer. ¿Quién sabe? Nunca
lo supe y tengo que vivir con ello cada día de mi vida.
De modo, Karen, que le aconsejo que se lo piense dos
veces antes de volver a hacer un comentario como ese.

Karen se puso completamente rígida ante el impacto
de las amargas palabras. Y sin apenas ser consciente de
sus propios actos, alargó una mano y acarició los labios
de Gray con la punta de los dedos. Eran suaves, aunque
también reflejaban testarudez. Acero envuelto en terciopelo. De repente pudo ver más allá de la ira y el tormento del adulto que no sabía qué hacer con su dolor.
De repente vio al niño de tres años abandonado por su
madre, y al final por su padre también. El corazón se le
encogió de dolor.

Gray la agarró por las muñecas y, antes de que ella
pudiera reaccionar, hundió las manos entre los rubios
cabellos y la besó con fuerza hasta casi hacerle desva-
necerse. Hasta que la sangre se convirtió en un incandescente río de deseo.

La lengua de Gray recorrió sin piedad el interior de
la boca de Karen, tomando posesión de su carne y sus
sentidos con el insaciable deseo de un hombre que no
ha comido o bebido durante días, apasionadamente, exi-
giéndolo todo, sin ahorrarle nada, hasta que el corazón
golpeó con fuerza el femenino pecho. Las grandes manos abandonaron sus cabellos y la agarraron por las caderas para atraerla hacia sí, contra su masculinidad,
dura como el acero. Una embriagadora sensualidad la
asaltó como una ola, privándole de toda capacidad de
pensamiento, de razonamiento, de cordura.

–¿Era así con su marido, Karen? –preguntó Gray tras apartar los labios de los suyos.

A Karen le ardía la piel como si tuviera fiebre allí donde él posaba sus ojos grises sobre ella, ignorando la lluvia que los empapaba a ambos.

Le llevó varios segundos asimilar la pregunta. Tenía los labios sensibles y el cuerpo aplastado contra él, cautiva por sus fuertes brazos. Incluso le resultaba difícil recordar quién era: la trágica Karen Ford, del Reino Unido, una mujer que solía escribir canciones sobre la pasión, que solía cantar acerca del amor que consumía cuerpo y alma, pero que jamás lo había experimentado en persona.

Aquello fue a la vez una revelación y un trauma. Tenía la sensación de estar traicionando la memoria de Ryan simplemente con pensar en ello. En su mente se formó la imagen de la dulce sonrisa de su esposo, barriendo con ella la espesa niebla que la envolvía. Y tuvo que soltarse del abrazo de Gray para parar toda aquella locura. Asqueada consigo misma por estar a punto de sucumbir a la lujuria.

Alejándose del hombre que instantes antes había aprisionado su cuerpo, se alisó la ropa, echó los cabellos hacia atrás e intentó desesperadamente invocar a la mujer que siempre procuraba hacer lo correcto.

–Mi esposo fue un hombre amable y bueno.

–Pero está claro que no es amabilidad lo que quiere de mí, Karen, ¿verdad?

Los labios de Gray dibujaron una burlona mueca y Karen sintió una punzada de dolor.

–No lo haga.

–¿El qué? –preguntó él, imponente con las manos apoyadas en la cadera, el pálido rostro tétrico bajo la luz de la luna–. Usted decide, Karen. O es una chiquilla o es una mujer. Cuando sepa la respuesta quizás podamos llegar a un acuerdo satisfactorio para ambos.

–No quiero... es decir, no me interesa...

–Mentirosa –él escupió las palabras como un dardo envenenado haciendo que ella se sintiera avergonzada de su lasciva naturaleza, una naturaleza que había mantenido bajo control sin problemas mientras estuvo casada con el dulce y poco exigente Ryan. Sin embargo, unos pocos minutos con ese extraño habían liberado ese rasgo suyo como un vendaval que barriera todo a su paso, incluyendo su dignidad y sentido común.

–Creo que debería irse –mintió ella, cuyo cuerpo ardía en deseos de ser tocada por Gray.

–Sí, creo que quizás debería.

Con la mirada vacía, sin verla ya, Gray se dio bruscamente la vuelta y desapareció en la noche lluviosa como si hubiera sido una visión producto de la fiebre.

Reprimiendo un sollozo, ella regresó a la casa consciente de que jamás podría haber conjurado la presencia de alguien como Gray O'Connell. Solo un imbécil podría esperar algo más que dolor de alguien con el alma tan enfadada y amargada...

Capítulo 3

GRAY SE echó una buena cantidad de whisky en un vaso alto y lo vació de un trago, despreciándose por sucumbir a lo que siempre consideraba el último recurso. En su interior se encendió una hoguera, pero no bastó para calcinar sus males. ¿En qué pensaba al tratar a una joven viuda como si fuera de su propiedad? Solo porque había tenido el detalle de escuchar su letanía de lamentos al irrumpir en su casa sin ser invitado no significaba que fuera a darle cualquier cosa que deseara de ella.

Soltó un gruñido y sacudió la cabeza. Chase lo miró con curiosidad desde su rincón junto al fuego antes de dejar caer la cabezota entre las patas.

Había muchas mujeres en la ciudad y los alrededores dispuestas a calentar su cama. Algunas ya lo habían hecho, brevemente, en el pasado. Tras ser abandonado por Maura, no le había importado mucho quiénes fueran, solo que estuvieran dispuestas.

Estuvo a punto de servirse otro trago al pensar en tamaña dejadez. Cierto que tomaba sus precauciones, no quería que ninguna pudiera acusarlo de haberla dejado embarazada, pero eso no lo convertía en un comportamiento del que sentirse orgulloso.

Sin embargo, tras dos años sin compromiso y con el corazón libre le parecía increíble sentirse tan afectado por una pequeña bruja de cabellos dorados y sonrisa angelical, además de un cuerpo que ansiaba sentir desnudo contra él. Ni siquiera los vaqueros desteñidos y el informe jersey habían conseguido camuflar del todo el bien torneado cuerpo de largas piernas que ocultaba bajo la ropa. Había tenido que hacer acopio de toda su fuerza de voluntad para evitar tomarla allí mismo bajo la lluvia. El deseo había estado presente en ambos. Lo había percibido en cada temblor del bonito cuerpo y se la imaginó con los azules ojos abiertos de espanto antes de ceder a la pasión y abrirse para recibirlo.

La clara imagen que se formó en su mente lo golpeó con tal ferocidad que no quedó ni una sola célula en su cuerpo que no la deseara allí mismo, que no hubiera echado a un lado todo escrúpulo para perderse en el calor y la dulzura de ese atractivo cuerpo.

Era un hombre apasionado, un hombre que se entregaba en cuerpo y alma a todo lo que hacía, ya fuera practicar un deporte, ganar dinero, pintar cuadros o hacer el amor. Pero en sus treinta y seis años no recordaba otra ocasión en que hubiera deseado a una mujer tanto como deseaba a la pequeña y casta viuda. No tenía nada que hacer con ella, no cuando era evidente que aún lloraba a su marido. Solo un bastardo desalmado se aprovecharía de semejante situación, y esa etiqueta ya la había llevado demasiado tiempo.

—No traerá más que problemas —anunció en voz alta con su voz profunda que resonó en la estancia, impresionante en su estructura aunque espartana en su decoración. Un observador amable lo calificaría de minimalista. A unos metros de la gran chimenea de obra había un sofá antiguo, pero los otrora brillantes cojines rojos estaban aplastados y descoloridos.

De hecho el sofá no tenía nada de cómodo, pero Gray se había vuelto tan despreocupado que apenas lo notaba. Las alfombras turcas, que una vez fueron hermosas, habían perdido su color y estaban dispuestas aleatoriamente por el suelo. La otra única pieza de mobiliario era un sillón, restaurado para Maura. De las paredes colgaban varios retratos que había «heredado», al comprar la casa, pero que no guardaban ninguna relación con él.

La casa, desde luego, era hermosa. Poseía la decadente grandeza de las viejas casas irlandesas propiedad de la nobleza. Muchos de los propietarios de esas casas ya no podían costear el creciente gasto de mantenimiento y, aunque Gray sí podía, seguía siendo una casa sin alma, incluso a pesar de los amorosos cuidados de la asistenta, Bridie. De repente se le ocurrió que la cabaña de su padre era mucho más acogedora y hogareña, claro que se debía más a la inquilina que la ocupaba que a él.

En su mente se formó una imagen de Karen junto con velas aromáticas y un crepitante fuego. Furioso, sacudió la cabeza en un desesperado intento de borrar esa imagen. No lo comprendía. Esa mujer lo encendía con una inocente mirada de sus preciosos ojos azules. Además, no había ni rastro de falsedad en el fondo cristalino de su mirada, solo una calidez en la que deseaba hundirse y un dolor que le gustaría desesperadamente aliviar. Y eso no era propio de él.

Era más que evidente que Karen no necesitaba a un hombre duro y amargado como él. La naturaleza confiada de la joven y su generoso corazón se merecían un hombre como su marido. Una persona que besara el suelo que pisaban los perfectos piececillos.

Una traviesa sonrisa se dibujó en sus labios. No le habían pasado desapercibidos los gruesos calcetines blancos que había llevado puestos en la última ocasión. Tenía pies de bailarina, perfectos y con un delicado arco que resultaba definitivamente sexy. Y no pudo evitar preguntarse qué aspecto tendría vestida únicamente con esos castos calcetines y sonriendo como un ángel. La idea le provocó una profunda agonía. «¡Por el amor de Dios! Mantente alejado de ella».

La orden se abrió paso en su cerebro y borró la sonrisa del rostro. Con el ceño fruncido, se encaminó hacia la cocina para trocear un filete para la cena de Chase...

Karen se sentó junto a la ventana y bebió un té a sorbos mientras se esforzaba por oír el ruido del mar que, cuando estaba en calma, solo podía ser percibido por alguien con gran disposición para hacerlo. Tenía el cuerpo tenso. Esperaba a Gray O'Connell con lo que fuera que hubiera comprado para la cabaña.

El ánimo se le hundió hasta los pies al recordar lo vulnerable que se había mostrado ante ese hombre la noche anterior, lo incapaz que había sido de controlar un sentimiento tan fuerte que casi la había tumbado de espaldas. ¿Era ese el efecto de la pasión? ¿Te hacía perder la razón y la dignidad?

De no haberse marchado Gray, fundiéndose entre las sombras de la noche, dudaba seriamente de que hubiera sido capaz de evitar suplicarle que compartiera la cama con ella. ¿Cómo iba a poder mirarlo a los ojos? Como si le faltaran las mujeres... No necesitaba a una inquilina sexualmente frustrada arrojándose a sus pies.

Sacudió la cabeza y soltó un gruñido antes de frotar el cristal donde se había condensado el aliento. De repente se le ocurrió que a la casa le iría bien una capa de pintura. La pintura blanca de los marcos de las ventanas estaba grisácea y descascarillada, y lo mismo sucedía con las descoloridas paredes. ¿Sería presuntuoso por su parte pedirle al taciturno casero permiso para dar una mano de pintura? Lo haría ella misma.

El sonido de un vehículo le hizo saltar del asiento y correr a la cocina para vaciar la taza de té. Después revolvió en el cajón hasta encontrar un cepillo que se pasó por los rubios cabellos, haciendo ocasionales muecas ante los nudos que se empeñaban en no soltarse.

Entornó los ojos y comprobó su aspecto en el pequeño espejo apoyado contra unos libros de cocina que descansaban en la estantería sobre la nevera. La visión de las mejillas sonrojadas y los ojos brillantes le provocó una mueca de disgusto. Desde luego no se parecía al rostro que le hubiera gustado presentar ante su intimidante casero.

El golpe seco en la puerta hizo que guardara apresuradamente el cepillo en el cajón.

—¡Hola! —saludó a Gray casi sin aliento a causa del apresuramiento y de la inquietante sensación que le producía verlo de nuevo.

Los misteriosos ojos grises la miraron fijamente durante unos segundos sin decir palabra. ¿Iría a devolverle el saludo o no? El estómago de Karen se encogió. Con la boca seca, la mirada se deslizó hasta esos labios burlones que habían desatado un incendio dentro de ella la noche anterior, despertando una parte de ella que había estado reprimiendo.

—Madre, mía, qué ojos tan grandes tiene, señorita Ford —bromeó él con una voz grave que hizo que la sangre se fundiera en las venas de Karen.

—Cambiando el nombre, ¿no debería ser esa mi frase? —espetó ella, sorprendida de ser capaz de hablar siquiera. El problema era que no conseguía olvidar el sabor de esa boca y se preguntaba cómo iba a poder fingir que nada había ocurrido. El feroz y apasionado beso de Gray le había dado la vuelta a todas sus convicciones, y no parecía haber nada que pudiera hacer para devolverlas a su lugar.

—Un hombre podría olvidar su propio nombre solo con mirarla —sonrió perezosamente Gray tras mirarla durante unos segundos más–. En cuanto a los muebles que he comprado, si no le gustan, los cambiaré. No es que me apasione ir de compras, pero por usted, señorita Ford, haría una excepción.

–Estoy segura de que serán perfectos –murmuró ella. La mera idea de ir de compras con Gray O'Connell hacía que el estómago le diera un vuelco.

–Menos mal –sonrió él–. Resulta refrescante conocer a una mujer tan conformista.

Cuando al fin se acordó de respirar nuevamente, la respiración de Karen era temblorosa. El atractivo de ese hombre era indudable, a pesar de su arrogancia y evidente falta de interés por los demás, pero cuando sonreía... Su sonrisa era como el sol cuando iluminaba un día gris, o la luna cuando compartía el negro cielo con la miríada de estrellas. Las larguísimas pestañas eran espectaculares y la boca dibujaba una deliciosa curva que hacía que se le encogieran los dedos de los pies. Cuando sonreía, su rostro pasaba de lúgubremente atractivo a irresistiblemente hermoso. ¿Cómo podía una mujer olvidarlo?

Gray atravesó la zona de césped que rodeaba la casa y se dirigió hacia una furgoneta blanca. Karen vio bajarse a un hombre alto y delgado de cabellos rubios y revueltos, vestido con unos vaqueros manchados de pintura y una camiseta negra.

El primer objeto que salió de la furgoneta fue un hermoso sofá de dos plazas de estilo victoriano y tapizado en lino natural. Los dos hombres lo transportaron hasta la casa dejándolo junto a la antigua versión que estaba destinada a reemplazar. Gray quitó los tres cojines de terciopelo verde del viejo sofá y los colocó en el nuevo antes de mirar hacia Karen que seguía estupefacta junto a la puerta.

–Así está mucho mejor, ¿no cree?

Hubo algo enternecedor en la mirada que le dedicó Gray, casi como si no estuviera seguro de su reacción y buscara su aprobación. La idea resultó tan sorprendente que Karen sintió una cálida hoguera formarse en su estómago que afloró en forma de afecto hacia ese hombre complicado y altivo que se comportaba como si no necesitara nada de nadie, sobre todo afecto.

–Es estupendo –ella se encogió de hombros en señal de admiración.

–Por cierto, este es Sean Regan. Sean, te presento a la señorita Ford.

–Llámame Karen –extendió una mano y saludó al joven de amigable aspecto y que despertó en ella un afecto casi maternal, ridículo teniendo en cuenta que, como mucho, tendría dos años menos que ella.

Karen dirigió una tímida mirada hacia Gray y frunció el ceño ante la expresión preocupada de su casero, añorando ver reaparecer la gloriosa sonrisa, que sin duda no debía prodigarse mucho.

–Encantado de conocerte, Karen –Sean se apartó con una sonrisa ante el requerimiento de ayuda por parte de Gray para sacar el viejo sofá de la casa–. Te he visto alguna vez por la ciudad, y también caminando hacia la playa. ¿Te gusta esto? ¿No te resulta muy solitario?

–Me encanta, Sean. Precisamente vine buscando paz y tranquilidad.

–¿Vas a quedarte ahí charlando con la señorita Ford o vas a ayudarme? –Gray frunció el ceño mientras levantaba un extremo del sofá y esperaba con impaciencia apenas contenida a que Sean levantara el otro.

–Supongo que estoy aquí para ayudarte, jefe. Pero es una pena que un hombre no pueda disponer de unos minutos para intercambiar unas palabras con un nuevo vecino...

La observación, expresada en tono divertido provocó que Gray frunciera nuevamente el ceño mientras pasaban ante Karen cargados con el sofá.

–¿Preparo un poco de té? –Karen se mordió el labio y los siguió fuera de la cabaña.

–¿No tiene café? –preguntó Gray a modo de respuesta.

Karen sintió arder las mejillas ante el interés con que la miró.

–Desde luego. ¿Cómo lo toma?

–Solo y fuerte, sin azúcar –respondió él.

Karen asintió, debería habérselo imaginado.

–¿Y tú, Sean?

–Para mí té, cariño... con mucha leche y tres terrones de azúcar.

–¿Y qué tal un pedazo de bizcocho casero para acompañar?

–Me muero por los bizcochos caseros –Sean le guiñó un ojo.

–¿Y usted, señor O'Connell? –Karen mantenía el tratamiento formal para que Gray no pensara que era demasiado directa.

–Desde luego sabe cómo tentar a un hombre, señorita Ford –contestó él con un brillo burlón en la mirada.

–Enseguida traigo el refrigerio –Karen sonrió tímidamente y se sonrojó mientras se dirigía de regreso a la cabaña para poner el agua a hervir.

En total Gray había comprado un sofá, dos sillones a juego y un par de lamparillas de bronce de estilo victoriano que se complementaban de maravilla con el estilo del interior de la cabaña. Los muebles nuevos habían transformado aquel lugar. Lo único que faltaba para que pareciera un hogar era un par de capas de pintura.

Mientras tomaba un sorbo de té en una taza rosa, regalo de Ryan, observó a los dos hombres instalados en los sillones.

Sean tenía un aire relajado y descuidado, propio de su juventud, y no se preocupaba más que de disfrutar del té, mientras que Gray... bueno, Gray era otra cuestión, pensó ella. Las piernas, envueltas en los ajustados vaqueros, parecían demasiado largas para el sillón. Se había enrollado las mangas de la camisa revelando dos fuertes brazos salpicados de oscuro vello. Los dedos que sujetaban la taza eran largos y finos. Pero, a diferencia de Sean, no estaba relajado. El atractivo rostro parecía extrañamente distante y preocupado, a duras penas ocultando su incomodidad y su deseo de estar en cualquier otro sitio.

¿Sería por ella? Karen no podía evitar preguntarse si se estaría lamentando del explosivo beso de la noche anterior. ¿Debería sacar a relucir el tema? ¿Debería asegurarle que no había significado nada y sugerir empezar de nuevo sobre una base más formal? Sí, claro. Ya se imaginaba cómo sería recibida su sugerencia. Seguramente se burlaría de ella.

Sintiendo una repentina tristeza, fingió concentrar su atención en una arruga de la camisa y estuvo a punto de atragantarse con el té cuando descubrió a Gray dedicándole una tórrida mirada que la quemaba a pesar de la distancia que los separaba.

–Ha sido una buena idea sustituir los viejos muebles –observó ella rápidamente–. Ahora resulta muy agradable y acogedor.

–Debería haberlo hecho hace tiempo –contestó Gray–. ¿Se le ocurre alguna otra cosa?

Karen sujetó la taza con más fuerza, incapaz de mirarlo a los ojos dada la respuesta que había suscitado en su mente la pregunta de Gray.

–Iba a pedirle permiso para pintar las paredes y los marcos de las ventanas. Lo haré yo misma. Se me da bastante bien.

–Claro, querida, y a mí me encantaría echarte una mano –se apresuró a intervenir Sean con los ojos azules muy abiertos mientras admiraba el aspecto de Karen vestida con unos vaqueros ajustados y los cabellos sueltos sobre la camisa color lila, automáticamente elevada a la categoría de elegante simplemente porque la llevaba puesta–. Incluso podría traer la pintura. ¿Qué dices, jefe? –el joven miró a Gray.

–Si alguien va a pintar la casa ese soy yo –contestó el aludido secamente.

–No quisiera causar ningún problema –avergonzada, Karen cruzó los brazos.

–Mañana por la mañana vendré sobre las diez para empezar –anunció el casero tras dirigirse a la cocina para enjuagar la taza antes de salir de la cabaña.

Karen soltó un prolongado suspiro.

–No te preocupes por él, querida –Sean la miró con expresión divertida–. Ladra más que muerde. Y, por cierto, el bizcocho estaba buenísimo y lo digo en serio. ¿Sería demasiado pedir un trocito para llevarme a casa? Mi hermana, Liz, tiene un café en el que sirve toda clase de productos caseros y me gustaría que lo probara.

–Claro, te envuelvo un trozo.

Karen le entregó el bizcocho a Sean quien, tras guiñarle el ojo nuevamente se marchó silbando alegremente.

Alertada por el aroma de la pintura fresca, Karen salió de la cocina y se encontró a Gray agachado, ocupándose del rodapié. De nuevo iba vestido de negro de pies a cabeza y sus cabellos negros resplandecían aún más que la ropa. Mientras lo observaba, sintió nacer en ella una irresistible tentación de tocarlo, de hacer que se girara hacia ella, que se diera cuenta de su presencia. La creciente altivez con la que la castigaba empezaba a ponerle de los nervios y se moría de ganas por llevarlo de regreso al mundo de los vivos, curioso en una persona que había acudido a ese lugar en busca de aislamiento.

–¿Por qué no le echo una mano? –preguntó con un hilillo de voz.

La brocha se detuvo en la mano de Gray quien levantó la vista hacia ella. El corazón de Karen descendió hasta el estómago en un segundo.

–Prefiero trabajar solo –fue la breve aunque categórica respuesta.

A Karen no la sorprendió, pero la curiosidad y una inaudita temeridad se impusieron sobre su sentido común y se cruzó de brazos, dispuesta a no arrugarse ante la gélida mirada gris.

–¿Por qué siempre prefiere hacerlo todo solo?

–¿Le molesta acaso? –Gray la miró a los ojos.

Hasta la última célula del cuerpo de Karen vibró de calor y deseó no haber iniciado la conversación. ¿No podría haberse quedado en la cocina preparando sus panecillos?

–No. Es decir, sí. Para serle sincera, sí me molesta. Nadie puede estar tan aislado. Todos necesitamos algo de ayuda y apoyo de vez en cuando.

–¿Por eso se está escondiendo aquí sola? –le aguijoneó Gray poniéndose de pie.

Nerviosa, Karen se humedeció los labios y tragó con dificultad. La mirada cargada de interés de ese hombre captó el gesto y pasó del hielo al fuego en un instante.

–No hablaba de mí –ella sentía que las rodillas se le deshacían.

–¿Y qué diría si le contara que a mí me gustaría hablar de usted?

Había algo de hipnótico en la masculina voz y que a Karen le puso la piel de gallina. Tuvo que hacer un supremo esfuerzo para no cruzar las piernas ya que la sensación que pulsaba en su núcleo más íntimo era repentinamente ardiente, dulce y sexual.

—¿Qué quiere saber de mí? —preguntó en un ronco susurro.

—Quiero saber si alguna vez se lanza a la aventura, Karen... o si es de las que prefieren apostar sobre seguro.

—No sé a qué se refiere —ella bajó la vista ante la intensidad de la mirada gris.

—Sabe muy bien a qué me refiero —Gray enarcó las cejas.

Toda la sangre pareció agolparse en la cabeza de Karen. El corazón le dio un vuelco en el pecho y los pezones se pusieron insoportable y dolorosamente duros. Si era capaz de hacerle todo eso solo con palabras, ¿qué no haría con sus caricias? Al recordar el salvaje beso de la noche anterior supo la respuesta. Sin duda entraría en combustión.

—Me parece que no debería hacerme unas preguntas tan personales.

Karen se dispuso a dar media vuelta, pero sus azules ojos se abrieron desmesuradamente al sentir que Gray le agarraba el brazo y la giraba hacia él.

—¿De verdad? Pues entonces deja de buscarme para mirarme con esos ojitos tuyos. No tienes ni idea de en qué te estás metiendo. Ni idea —la tuteó.

—¡Yo no te busco! —Karen se soltó y frotó el dolorido brazo—. Estás muy pagado de ti mismo, ¿verdad?

—Vuelve a la cocina, cariño —él sonrió—. Si te portas bien... o debería decir, mal... iré dentro de un rato y te contaré una fantasía erótica que tengo sobre las mujeres en la cocina.

–No gracias –humillada e indignada, Karen sacudió la cabeza y se marchó a toda prisa.

–No te había tomado por una cobarde –gritó Gray riéndose sonoramente.

–Pues yo te había tomado por un pervertido –contestó ella furiosa asomando la cabeza por la puerta de la cocina–. Y, desgraciadamente, hasta ahora no me he equivocado.

–Ahora sí que me has ofendido –él fingió una dolorosa desilusión antes de reír como un colegial, satisfecho por decir la última palabra antes de seguir pintando.

Capítulo 4

LA LLUVIA, aumentaba la irritabilidad de Karen. Gray entraba y salía de la furgoneta haciendo caso omiso al aguacero sin mostrar ninguna señal de querer iniciar una conversación. ¿Qué le sucedía a ese hombre? Aparte de la humillante acusación de que iba tras él, no había dicho una palabra. Cada vez que ella asomaba la cabeza por la puerta de la cocina lo encontraba pintando con fascinantes y decididos brochazos, y no podía evitar preguntarse cómo sería verlo pintar un cuadro.

Suspiró y puso la tetera a hervir. Ante la duda lo mejor era preparar té, o café en el caso de Gray, aunque no sabía si iba a quedarse o no.

Inclinándose sobre el horno, sacó la bandeja de panecillos y la boca se le hizo agua ante el aroma que desprendían. Los colocó sobre una rejilla para que se enfriaran, contenta con el resultado, ligeramente dorado por fuera y, presumiblemente, esponjosos por dentro. Incapaz de resistirse, partió uno por la mitad y, tras soplarlo, se metió un trozo en la boca.

–¡Delicioso! Aunque esté mal que yo lo diga.

Karen saboreó el panecillo que se fundía en su boca. Siempre le había gustado la comida que preparaba y no se avergonzaba de admitirlo. Era uno de los mayores placeres de la vida, similar a leer un buen libro o escuchar una hermosa pieza musical... o hacer el amor.

–Tienen buena pinta.

Sobresaltada se giró y descubrió a Gray apoyado en el quicio de la puerta. Tenía los cabellos y el rostro mojados por la lluvia y sonreía burlonamente.

–¿Te apetece uno? Estaba a punto de preparar un té... o café si lo prefieres –Karen se limpió la boca con el dorso de la mano y rezó para que no quedara ninguna miga.

–Un café estaría bien.

–Te traeré una toalla primero. Estás empapado –azorada, intentó salir por la puerta, pero la puerta era estrecha y Gray, que no se movió, muy corpulento.

De repente se encontró encajada entre el masculino torso y el quicio de la puerta. La cálida humedad del jersey presionaba provocativamente contra sus pechos y supo, con una ligera punzada de pánico, que no tenía ninguna intención de dejarla pasar.

–Yo... yo...

Se sentía abrumada, asaltada por el limpio aroma de sus ropas, el ligero toque a madera de su colonia y el aroma cargado de testosterona de su propio ser. Y se sintió estremecer de pies a cabeza mientras las mejillas adquirían un tono escarlata.

Levantando la vista, Karen se hundió en un profundo océano plateado, en una salvaje tormenta en el mar, y supo que estaba atrapada... prisionera voluntaria sin el deseo ni la más remota urgencia por escapar. Allí era donde quería estar. Por fin podía fingir de nuevo ser una mujer sin un desgraciado pasado o incierto futuro porque solo existía la excitante presencia, el tangible calor que vibraba como una corriente entre ella y Gray. Y de repente la cálida y anticuada cocina que desprendía un delicioso aroma a panecillos recién hechos y una sutil y almizclada humedad proveniente de las paredes de piedra le pareció el lugar más romántico sobre la faz de la tierra.

Gray trazó la línea de la mandíbula de Karen con un dedo, electrificándola al contacto, haciendo que sus pupilas se dilataran, que su respiración se interrumpiera durante un segundo mientras el corazón latía acelerado como un atleta dirigiéndose hacia la línea de meta. Jamás se habría imaginado que fuera posible desear a alguien tanto hasta que simplemente pensar en él le hiciera querer entregarse en cuerpo y alma. ¿Por qué no se había sentido así con Ryan? La idea le provocó un gran sentimiento de culpa. Su marido se lo había dado todo, pero ella le había ocultado una parte de sí misma, vital y apasionada.

—Gray, yo...

—No hables —le ordenó él mirándola como si saliera de un trance—. Déjame que te mire.

Y así hizo. Los ojos de artista escudriñaron el hermoso rostro, fijándose con silenciosa apreciación en los exquisitos rasgos. Los preciosos ojos azules eran su principal atractivo, pensó. Almendrados y sensuales, bordeados de unas rizadas pestañas, la clase de ojos en los que cualquier hombre desearía ahogarse. La mirada ascendió hasta las rubias cejas y descendió hasta la elegante nariz y la bonita boca con sus carnosos y sensuales labios desprovistos de maquillaje y que pedían a gritos ser besados.

En un segundo, la masculinidad de Gray se llenó de sangre y la deseó tanto como el aire para respirar. Hizo acopio de toda su fuerza de voluntad para no tomarla allí mismo porque tenía otro deseo, mayor aún, de seducirla, provocarla y saborearla. Iba a conseguir que la bonita viuda lo deseara tanto que se olvidara de su difunto esposo o de cualquier otro hombre con el que hubiera mantenido alguna relación. Únicamente entonces se permitiría tomar aquello que ambos deseaban tan desesperadamente. Y cuando sucumbieran al deseo, haría falta más de una brigada de bomberos para apagar el fuego.

En cuanto a Karen, le llevó varios segundos asimilar la realidad. Cuando se dio cuenta de que Gray no iba a hacer nada más que mirarla en lugar de abrazarla por la cintura, tal y como necesitaba que hiciera, dejó caer los brazos a los lados del cuerpo y bajó la cabeza. Dolía mucho saber que la deseaba, pero que no tenía ninguna intención de hacer algo al respecto. ¿Qué tenía ella que le hacía echarse atrás? ¿Pensaba que buscaba en él algo más que un revolcón?

De repente deseó que estuviera Ryan allí para poder preguntarle qué hacer, pero enseguida comprendió lo ridículo de aquello. Iba a tener que solucionarlo ella sola. Dondequiera que estuviera, Ryan querría lo mejor para ella, la opción que le hiciera menos daño. Lo sabía.

–Eh... –los dedos de Gray le sujetaron la barbilla y le obligaron a levantar la cabeza.

Era increíble la cantidad de tonos de gris que había en esas pupilas, reflexionó Karen.

–Creo que me gustaría pintarte.

–¿Te refieres a un retrato? –Karen sintió una ligera punzada de terror.

–Un desnudo.

–¿Quieres decir... sin ropa? –preguntó ella con voz temblorosa.

–La mayoría de los desnudos lo son –Gray sonrió divertido–. ¿Te incomodan?

–Normalmente no, salvo que sea yo quien pose.

–Vive un poco, Karen. ¿No es eso lo que te gustaría hacer realmente?

¿Cuántas veces se había prometido a sí misma precisamente eso? Solo tenía veintiséis años, ¿iba a pasar el resto de su vida lamentándolo? «Ryan se revolvería en su tumba», pensó. De todos modos, debía ir poco a poco, y convertirse en la modelo de ese altivo y enigmático artista era demasiado, aunque se muriese por recibir sus atenciones.

–No soy una persona que se líe la manta a la cabeza con facilidad –intentó explicarle sintiendo calor y luego frío ante la glacial mirada gris–. Yo...

Intentó formular palabras que describieran cómo se sentía ante la idea de exponer su cuerpo sin que sonara a mojigatería. A pesar de haber actuado ante numerosos públicos, era una persona tímida. Exceptuando los vaqueros, normalmente vestía ropa suelta, casi nunca ajustada. Hasta Ryan había hecho bromas sobre sus reticencias a mostrar su cuerpo.

–¿Reprimida? –sugirió Gray con dulzura posando la mirada deliberadamente seductora sobre los carnosos labios.

–No. Yo no diría reprimida –con el rostro encendido, Karen intentó nuevamente salir por la puerta y soltó una exclamación cuando él la agarró del brazo y la empujó contra el quicio.

La tetera silbó para indicar que el agua hervía. Fuera, la lluvia golpeaba rítmicamente contra las ventanas. El fuerte y embriagador aroma de la pintura fresca surgía del salón y Karen empezó a desear que Gray se hubiera marchado en la furgoneta.

El íntimo interrogatorio empezaba a ponerle nerviosa. Una cosa era desear que la besara y otra muy distinta permitirle colocarla bajo la lupa como si fuera un insecto. Por otro lado, no podía hacer otra cosa cuando se sentía excitada y necesitada. La mirada de esos ojos grises tentarían hasta a la monja más devota para renunciar a sus votos.

Intentaba desesperadamente ocultar la reacción intensamente íntima de su cuerpo. Los pezones se endurecieron bajo el sujetador y le hizo retorcerse avergonzada al comprender que Gray lo había notado. Lo que ella sentía también lo sentía él, quizás más.

–Será mejor que vaya a buscar esa toalla, señorita Ford, antes de que ceda a la tentación que empieza a ser dolorosamente irresistible –sugirió él mientras le soltaba el brazo.

–¿Por qué? ¿Te preocupa?

–Eres distinta a cualquier otra mujer que haya conocido –el rostro de Gray reflejaba rabia–. Eres una mujer decente y cariñosa, Karen. Necesitas un hombre que sea igual, no un marginado de alma oscura como yo. Tengo miedo de que si te toco, pudiera no querer parar, y entonces, ¿qué sería de nosotros?

Los labios de Gray dibujaron una sonrisa burlona que provocó una indecible agonía en Karen y, como no se le ocurría nada que decir para hacerle cambiar de idea, corrió hacia el cuarto de baño. Eligió una esponjosa toalla blanca y, durante un instante, la sujetó contra el cuerpo. Al contemplar espantada su imagen en el espejo, fue consciente del efecto que producía Gray O'Connell sobre ella.

Tenía los ojos desmesuradamente abiertos y muy brillantes, y su piel estaba teñida de rojo. Parecía recién levantada de la cama tras una noche de pasión y desenfreno. ¿Alguna vez había tenido ese aspecto tras acostarse con Ryan? ¡Por supuesto que sí!, salvo que nunca se había dado cuenta. Eso era. Deslizó una mano por la mejilla y descubrió que tenía la piel ardiente. Incluso el pulso seguía acelerado. Y todo por culpa de la sorprendente atracción que sentía hacia su enervante casero.

Frustrada y furiosa, deseó poseer la sofisticación necesaria para resultarle más atractiva al hombre que tanto deseaba. Si no pareciera más joven de lo que era, si no se le saliera el corazón por los ojos cada vez que lo miraba...

Sujetando la toalla contra el pecho, salió del cuarto de baño y regresó a la cocina.

Gray seguía apoyado contra el quicio de la puerta donde ella lo había dejado. Su hermoso rostro reflejaba preocupación. Karen le entregó la toalla y pasó ante él sin mirarlo. Enseguida se dio cuenta de que había apagado la tetera y ni siquiera se atrevió a imaginarse que ya no se quedaría a tomar café. Era obvio que estaba ansioso por marcharse de allí lo antes posible, y tuvo que morderse el labio para contener las lágrimas, al menos hasta que se hubiera ido. Para distraerse, eligió media docena de panecillos y los metió en una bolsa de plástico antes de ofrecérselos a Gray con una tímida sonrisa mientras rezaba para parecer más serena de lo que se sentía. Deseaba a Gray O'Connell, pero no quería mostrarse totalmente vulnerable ante él. Solo un idiota lo haría.

Gray dejó de secarse con la toalla para mirarla fijamente.

—Pensé que te gustaría llevarte unos cuantos a casa —le ofreció con dulzura.

Como Gray siguió mirándola sin hacer el menor gesto que indicara que fuera a tomar la bolsa, Karen se encogió de hombros y la dejó sobre la encimera de la cocina.

—Aunque tú no los quieras, puede que Chase sí. He preparado demasiados.

—Un beso —dijo él con voz ronca mientras arrojaba la toalla sobre la encimera.

Sobresaltada, Karen aún no se había recuperado cuando él la atrajo hacia sí, apretándola fuertemente contra el torso. Una sensación de calor y humedad la envolvió mezclada con el aroma del mar que invadió sus sentidos con tanta fuerza que se sintió mareada. Gray agachó la cabeza para besarla y ella supo que no tenía la menor intención de protestar. Sus labios se abrieron con facilidad y dejó que la tomara con toda la fuerza de su deseo.

El beso le supo a calor, dolor de corazón y deseo, todo envuelto en un intenso y persuasivo paquete. Tomó de ella lo que tan voluntariamente le ofrecía y hundió la lengua una y otra vez en la aterciopelada caverna como si estuviera poseído, arañándole la mejilla con la incipiente barba y sujetándole las caderas con las manos para apretarla contra él. Temblando de deseo, Karen le devolvió el beso con unos pequeños y dulces gemidos que parecían abandonar la garganta inconscientemente. A punto de volverse loca, ya no se conformaba con la sofisticación, su cuerpo se moría por el fuego que habían iniciado.

Y de repente, tan abruptamente como había comenzado, Gray la sujetó por los hombros y la apartó de su lado. Karen se tambaleó y se golpeó los riñones contra la encimera. Lo miró con el dolor y la humillación reflejada en los azules ojos y los labios temblando por los apasionados besos. Sentía el cuerpo lánguido por el deseo que había despertado en ella.

–¿Estás bien? –preguntó Gray en tono gruñón como si deseara marcharse de allí.

De repente, Karen también quiso verlo marchar. Había comprendido por qué el odio y el amor estaban tan próximos.

–¿De repente te preocupa? –espetó ella sin poder evitar echarse a llorar.

–¡Claro que me preocupa, maldita sea!

–No es verdad –sin dejar de temblar, Karen sacudió la cabeza–. Márchate. Por favor...

Gray apretó los labios con fuerza y dio media vuelta, haciendo lo que ella le pedía.

Gray limpió la paleta y la dejó junto a la caja metálica con pinturas. El sol se filtraba a través del enorme ventanal iluminando el cuadro fijado al caballete. Se trataba de un boceto de una mujer de largos cabellos dorados, y unos ojos azules almendrados que encerraban una expresión de dolor, y también tentación. Karen.

No había sido capaz de pensar en otra cosa desde el día en que la había dejado llorando en la cocina de la cabaña de su padre. Habían pasado dos semanas y no había intentado siquiera ponerse en contacto con ella. Se preguntaba qué estaría haciendo. No la había visto en el bosque ni en la playa. A ella no le habría gustado tropezarse con él y, seguramente, lo había tachado ya como una amarga experiencia. Era lo menos que se merecía, a pesar de lo cual sintió una punzada de dolor en las entrañas.

Soltó un juramento, se mesó los cabellos y alargó una mano hacia el boceto para hacerlo trizas. Sin embargo, no pudo evitar acariciar con los dedos la extraordinaria semejanza que había creado. Acarició la suave curva de los pómulos que tan bien había reproducido a pesar de haberlo hecho de memoria. Allí estaba. El rostro de Karen se hallaba impreso en su mente como si fuera una fotografía que no podía borrar.

La puerta del estudio se abrió y Chase entró alegremente frotando la cabezota contra su dueño el cual miró distraídamente al enorme perro y le acarició la cabeza.

−¿Me das media hora más? Después te llevo de paseo.

Como si le hubiera entendido, Chase se dio media vuelta y salió por la puerta del estudio.

Tras volver a colocar el retrato inacabado de Karen sobre el caballete, Gray abandonó la gran estancia iluminada por el sol y desprovista de calefacción o cualquier adorno, salvo los cuadros amontonados contra dos de las paredes. Sin saber por qué, corrió escaleras abajo hasta la primera planta.

En medio del dormitorio más grande de la casa había una hermosa cama con una colcha azul marino extendida sobre el edredón. Aparte de la sensual alfombra de Marruecos junto a la cama, como muebles solo había una cómoda de pino y dos mesillas de noche de cerezo. Las ventanas estaban desprovistas de cortinas o persianas y el sol iluminaba el suelo de madera revelando unas saltarinas motas de polvo. Aparte de eso, la habitación resultaba casi lúgubre, pero a Gray no le importaba. Abrió uno de los cajones de la cómoda y sacó de él un sobre marrón.

Se dejó caer en la enorme cama y vació el contenido del sobre en la colcha. Tres fotografías lo contemplaron. Tomó la primera que llamó su atención y la examinó más de cerca. Era de Maura, con sus cabellos rubios y alegres ojos verdes. Habían comenzado su relación en Londres, donde él trabajaba y, obstinadamente, lo había seguido de regreso a Irlanda a pesar de que él había intentado terminar la relación. Al principio incluso le había alegrado su compañía. Había permanecido a su lado al morir Paddy, en una época muy oscura, y el mero hecho de saber que había alguien en casa lo había ayudado en un momento en que le aterraba enfrentarse a sí mismo. Con el tiempo se preguntó cómo había podido aguantarlo Maura. Ya de por sí malhumorado, Gray se había vuelto aún peor tras la trágica muerte de su padre.

Durante los seis meses que siguieron, se había convertido prácticamente en un recluso. No había sido su intención que ocurriera así, pero se había retraído tanto que sabía que no era buena compañía para nadie, sobre todo para una alegre y vital mujer a la que le encantaba reír y vivir la vida. De modo que se encerraba en el estudio y pintaba hasta la madrugada, abandonándolo solo para ir al baño o para comer algo, lo que fuera. Se había vuelto insensible a todo. El corazón, la mente y los sentidos se le habían congelado.

Maura había sido más o menos abandonada a su suerte, pero era una mujer de recursos que había hecho una carrera de éxito en el masculino mundo de las inversiones bancarias.

Y, sorprendentemente, se construyó una especie de vida en la preciosa y antigua casa de Gray interesándose por devolverle su pasado esplendor. Por el camino se había involucrado en la vida de la comunidad, haciendo amistad con los tenderos, taberneros y vecinos, siendo en general bien considerada entre ellos... hasta que sus descarados devaneos con algunos de los muchachos locales la habían colocado en el punto de mira. Al final, hasta Gray se había enterado de los rumores, aunque no le habían preocupado demasiado. Al menos no entonces. Había reaccionado concentrándose aún más en la pintura y, si alguna vez sentía la necesidad de una compañía íntima, Maura seguía siempre dispuesta como la amante entusiasta que era.

Con el tiempo, Gray no podía creerse la locura que se había desatado.

Cuando Mike Hogan, su mejor amigo de la universidad había aparecido de repente, pidiéndole alojamiento durante una semana o dos antes de partir hacia Canadá, Maura se había encaprichado de él de inmediato. ¿Quién podría haberla culpado? Mike era atractivo, alegre, inteligente, una criatura mucho más sociable de lo que Gray podría aspirar a ser jamás. Dos días después, la pareja había hecho planes para marcharse juntos.

—Que os aproveche —murmuró Gray mientras rompía la foto de Maura en dos mitades que arrojó sobre la cama, algo que debía haber hecho hacía tiempo.

La segunda foto era una copia en blanco y negro de su madre, y el corazón se le encogió al contemplarla.

La guapa joven miraba con ternura la negra cabecita del bebé que tenía en brazos, como si se tratara del sol, la luna, las estrellas. Gray no pudo evitar preguntarse por qué se había quitado la vida, abandonándolo con tres años, si lo quería tanto como parecía reflejarse en la foto. Jamás había averiguado la verdad sobre el suicidio. Paddy siempre había mantenido un obstinado silencio sobre los motivos de Niamh O'Connell para hacer algo así y había empezado a culpar a su padre por tan espantoso suceso, lo cual no había hecho más que empeorar la mala relación que habían mantenido siempre.

Con cuidado devolvió la fotografía al sobre.

La última foto, en color, era de Paddy y la había tomado Eileen Kennedy durante una fiesta local. Aparecía subido a un cerro, sujetando una botella de whisky en alto y con el rostro iluminado por una amplia sonrisa. Había fallecido tres meses después, seguramente en la misma época en que Gray había descubierto que sus últimas inversiones le habían generado unos beneficios millonarios... un pobre consuelo.

Al final comprendió que lo que le había gustado era el trayecto: especular, negociar... no el destino. Pero el dinero no había impresionado a su padre, lógico cuando el proceso para conseguirlo le había arrebatado a su único hijo.

—Dondequiera que estés, viejo diablo, espero que seas feliz —exclamó ante la foto con una sonrisa amarga antes de devolverla, junto con los agridulces recuerdos, al sobre marrón.

Tras bajar a la planta inferior, Gray se puso su cazadora de cuero y silbó a Chase. Se dirigió deliberadamente a la playa, pensando que el aire del mar le haría bien y lo ayudaría a pensar con más claridad. Contemplar las fotos, hurgar en el pasado, no le había servido de nada. Lo había sabido desde el principio. A veces, su carácter lo perdía.

En cualquier caso, sentía una enorme tensión alrededor de la cabeza, y se lo tenía merecido. En ocasiones era demasiado autodestructivo.

La relajación, si es que alguna vez había dejado sitio para ese concepto en su mente, era cosa del pasado. Sus días los pasaba lamentándose por las malas decisiones que había tomado y castigándose con los recuerdos.

«No es precisamente la mejor manera de vivir la vida», pensó. Aun así, mientras trepaba por la loma que conducía a la playa, lo que ocupaba su mente era la preciosa inquilina de cabellos rubios, no el torbellino interior que siempre lo acompañaba. ¿Qué demonios iba a hacer con la peligrosa fascinación que le provocaba?

Karen no se merecía a un hombre tan introvertido y arisco como él. Se merecía algo mejor... algo mucho mejor. Aun así, el corazón de Gray parecía latir con más fuerza en el pecho ante la mera posibilidad de volver a verla y eso era un gran avance, concluyó mientras aceleraba el paso para seguir el ritmo de Chase.

Capítulo 5

A KAREN le dio un vuelco el corazón mientras acudía esperanzada a abrir la puerta. Sin embargo, la esperanza dio paso a la sorpresa y la amargura al descubrir a Sean. Parpadeó ante el fuerte sol de la mañana y se preguntó para qué había ido.

Sean sonrió y ella aguardó con la vana esperanza de que le llevara noticias de Gray.

—Hola.

Llevaba una cazadora vaquera desteñida sobre una camiseta negra, casi gris. Los ajustados pantalones vaqueros le daban un aire de lánguida elegancia, propia de la juventud, y su buena dosis de hermosura hicieron que Karen sintiera una repentina punzada de celos ante la inocencia perdida de su propia juventud. Durante unos segundos contempló el atractivo y aniñado rostro enmarcado por unos revueltos cabellos rubios e iluminado por unos preciosos ojos azules, y deseó poder parecerse un poco a él.

Pero su presencia también le provocó cierta tristeza pues no era el hombre que había esperado ver aparecer ante su puerta. Sabía que Gray mantenía las distancias deliberadamente. Si lo que había querido era transmitir el mensaje de que la locura entre ellos no iba a progresar más allá, lo había conseguido. Durante dos semanas apenas había logrado dormir pensando en él. Y apostaría su último céntimo a que él no había tenido ni una noche de insomnio a causa de ella.

Deseó haber controlado mejor su atracción. Si hubiera dominado las reglas del juego quizás habría conseguido manejar mejor las cosas y no sentirse tan dolorosamente perdida. Sin embargo, no podía fingir ser alguien que no era. Solo podía aspirar a enfrentarse con lo que la vida le colocara en su camino, y en esos momentos, la vida le había colocado a Sean con sus brillantes ojos azules y alegre sonrisa.

—Hola —Karen le devolvió la sonrisa.

—Karen —se apresuró a contestar Sean mientras se ruborizaba ligeramente—, me preguntaba si te gustaría dar un paseo conmigo.

—¿Un paseo, Sean? —ella tuvo que contener el impulso de echarse a reír.

—Sí. A ti te gusta pasear, ¿no? —Sean la miró con gesto tímido y cautivador a la vez.

Karen frunció el ceño y se secó las manos con el paño de cocina. Por atractivo que le resultara el joven irlandés, en ese momento no le apetecía ir a ningún sitio. Estaba demasiado decaída, resultado, entre otras cosas, de una noche más en blanco a causa de Gray O'Connell, y de ya no poder recordar el rostro de su difunto esposo.

—Claro que me gusta pasear. Pero... ahora mismo estoy muy ocupada, Sean.

—Ya me figuré que dirías algo así —el joven se frotó la nuca y bajó la mirada al suelo. Y entonces, para sorpresa de Karen, alzó la barbilla y la miró directamente a los ojos.

—Te he visto caminar por la playa. Siempre estás sola. Pensé que si ibas a pasear por allí hoy, a lo mejor te gustaría algo de compañía.

—Eres un encanto, Sean, pero yo...

—No pienses que intento seducirte... aunque no es que me importara —algo inquieto, balanceó el cuerpo—.

Pero tengo algo que preguntarte. ¿Podríamos hablar de ello?

–¿Ahora? –Karen echó una ojeada a su espalda. Había pasado la mañana limpiando el salón y todo relucía. Y la última hornada de pan se enfriaba sobre la encimera.

La repostería se había convertido en una salida a la creatividad a la que no podía dar salida a través de la música, y la ayudaba a pasar el tiempo. Pero al carecer de congelador, la mitad de las cosas que hacía acababa en la basura. Aún no había entablado una amistad suficiente con nadie del pueblo para regalárselo y ni siquiera Gray había aceptado los panecillos que le había ofrecido aquel día.

Se mordió el labio. ¿Por qué no podía ir de paseo con el simpático Sean? Quedarse todo el día sin salir de la casa no la ayudaría y, sin embargo, un paseo a lo mejor sí.

–Hace un día precioso. Solo tienes que calzarte y ponerte el abrigo –Sean echó una ojeada a los pies desnudos con las uñas pintadas de rosa de Karen y sonrió divertido.

–De acuerdo –rindiéndose al indiscutible encanto del joven, Karen entró en la casa con las mejillas tan sonrojadas como las uñas de los pies.

La espontaneidad no era su fuerte y le provocó más angustia de la debida. Aun así estaba dispuesta a hacer un esfuerzo para cambiar. Sean era encantador y parecía de fiar.

Arrojando el paño de cocina sobre la silla más cercana, recuperó las botas de detrás de la puerta y sacó de su interior los calcetines amarillos.

–No te quedes ahí fuera, Sean. Entra. Enseguida estoy.

–Qué bien huele –Sean miró a su alrededor–, y no me refiero a la cera de los muebles.

–He estado horneando –Karen sonrió a través de los sedosos mechones rubios que le cubrían la cara mientras se ataba los cordones de las botas.

–Eres una mujer peligrosa, Karen. ¿Qué has preparado esta vez? ¿Otro delicioso bizcocho?

–He preparado pan y bollos –contestó ella.

–Pues me alegra saber que te gusta cocinar.

–¿Por qué? –Karen rio y se puso en pie estirándose la camisa azul.

–Mi madre siempre dice que es una habilidad muy útil... seas hombre o mujer. ¿Lista?

Karen descolgó el abrigo del perchero y se lo puso. Era increíble cómo el más ligero contacto humano podía cambiar el estado de ánimo para bien.

–Todo lo lista que estaré nunca. Tú guías –al dejarle pasar captó brevemente un aroma especiado a colonia y se preguntó si se la habría puesto en su honor.

A pesar del decaimiento que sufría, en cuanto sintió el aire fresco del mar se animó. El salvaje y tormentoso clima siempre hacía que se alegrara de haber acudido a aquel lugar. Un lugar que casi consideraba su hogar.

–¿Has vivido aquí toda tu vida? –Karen hundió las manos en los bolsillos del abrigo mientras intentaba en vano seguirle el paso a Sean.

–Sí. Me gusta mucho.

Sean le dedicó a Karen una sonrisa que, sin duda, alegraría el día a cualquiera de las chicas de la localidad.

–¿Y tú qué, Karen? ¿De dónde eres?

–De un barrio de Londres. Vivir allí tiene sus ventajas, pero echaba de menos algo de paz y tranquilidad. De haber nacido aquí, jamás podría vivir en otro lugar.

Era una afirmación surgida del corazón. Contempló

el cielo azul, las gaviotas volando en círculo a su alrededor emitiendo sus agudos chillidos, y tuvo la sensación de que todo era perfecto. No había ningún otro lugar en el mundo en el que preferiría estar en esos momentos. Su mirada recorrió la vasta extensión de la playa vacía y se preguntó cómo soportaría regresar a Gran Bretaña. Aquel lugar era su idea del paraíso.

«Si tuviera alguien con quien compartirlo». No se refería a ese instante en concreto, pues la compañía de Sean era muy agradable. Se refería a alguien más permanente. «Alguien como Gray O'Connell». La peligrosa idea la golpeó con fuerza acelerándole el pulso. Las dos semanas que hacía que no le había visto le parecían una eternidad. ¿Qué estaría haciendo? ¿Estaría saliendo con alguien? ¿Por eso estaba tan enfadado y tan ansioso por marcharse aquel día en cuanto hubo terminado de pintar? ¿Estaba desolado porque se sentía atraído hacia ella teniendo a otra persona en su vida? El estómago se le encogió de celos. ¿Por qué le dolía tanto? No tenía ningún sentido. Sin duda estaba loca.

–¿Karen?

–¿Sean? –Karen se paró junto al alto irlandés y lo miró, obligando a la atractiva imagen de ojos grises a que desapareciera. Unos mechones de cabellos rubios le taparon la cara, ocultando temporalmente su sonrojo al ser sorprendida pensando en otro.

–Te he hecho una pregunta, pero estabas en tu mundo.

–Lo siento –ella lo contempló con gesto compungido–. No pretendía ser grosera.

–No te preocupes –Sean la miró pensativo–. Te estaba preguntando si te interesaría un trabajo a tiempo parcial. Mi hermana, Liz, acaba de abrir un café en la ciudad y está buscando ayuda. En cuanto probó tu bizcocho me dijo que quería conocerte.

–¿Un café? –Karen frunció el ceño. De todas las cosas que se había imaginado que Sean quería decirle, un trabajo a tiempo parcial no encabezaba la lista.

—No es el típico lugar para desayunar o comer sándwiches. Es más exclusivo. Liz ha viajado por todo el mundo. Se trata de un café temático... mexicano. Se llama La Cantina de Liz, pero no solo hay comida mexicana. También hay tartas y toda clase de postres.

—¿Tu hermana ha montado un café temático en esta ciudad? —Karen sonrió resplandeciente—. Qué idea tan maravillosamente descabellada.

—¿En serio lo piensas? —Sean hundió la puntera de la bota en la arena.

—¡Pues claro que sí! —exclamó ella sintiéndose repentinamente inspirada por el espíritu emprendedor de la hermana de Sean a la que ni siquiera conocía. No se había planteado la posibilidad de encontrar trabajo, pero en esos momentos le resultaba casi irresistible.

—Liz quiere contratar a alguien con un poco más de mundo que las chicas locales. Un poco más al tanto, como dice ella. ¿Querrás conocerla? Al menos habla con ella.

—¿Cuándo quiere verme?

—¿Qué tal esta tarde? Cierra a las cinco y yo suelo echarle una mano para recoger y limpiar un poco. Si te parece bien, pasaré a buscarte a menos cuarto.

—Supongo que lo menos que puedo hacer es conocerla y darle las gracias por pensar en mí. Pero tengo coche, no hace falta que vengas a buscarme.

Karen se encogió de hombros con cierto nerviosismo. Hablar con alguien sobre un posible trabajo parecía lo más normal del mundo, pero nunca había tenido necesidad de hacerlo. Había conocido a Ryan nada más terminar los estudios y, tras casarse, había iniciado su carrera musical. Su marido se había ocupado de todo lo relacionado con la promoción, contratar actuaciones y todo el papeleo y llamadas telefónicas necesarias.

–Si no te importa, preferiría pasar a recogerte –Sean interrumpió sus pensamientos–. Liz me ha dado instrucciones y me sacará los higadillos si no las cumplo. ¿Terminamos el paseo?

Karen sonrió saboreando el salitre del mar en la lengua y decidió aprovechar esa inesperada oportunidad de disfrutar del aire fresco y el ejercicio. Al final el día había resultado mucho mejor de lo que se había esperado. Al levantarse por la mañana, su única perspectiva había sido limpiar, cocinar y pasar el día sola. Y por primera vez había temido que no fuera suficiente. Por lo visto no estaba tan hecha para la soledad y el aislamiento como había creído. Desde luego mucho menos que Gray O'Connell...

Protegiéndose los ojos del feroz sol del mediodía, parpadeó ante las dos solitarias figuras que caminaban por la playa a cierta distancia de él. Una ráfaga de viento le levantó un mechón de negros cabellos de la frente revelando un ceño profundamente fruncido. Al darse cuenta de que una de las dos figuras era Karen, los celos lo traspasaron como un puñal con tal violencia que tropezó. A su lado, Chase se impacientaba, esperando el permiso para correr libre por la playa como solía hacer. En esos momentos, su amo le sujetaba del collar con tanta fuerza que el deseo parecía irrealizable.

–¡Quieto! –el tono furioso en la voz de Gray no dejaba lugar a dudas.

Sin embargo, no era el perro el que había desatado su mal genio, sino la visión de esa mujer en la playa. Una mujer que poseía la habilidad de tentarlo como ninguna otra. Lo tentaba con sus ojos azules y el blanco del ojo tan blanco que parecía que hubieran vertido leche en él. Lo tentaba con su serena y encantadora sonrisa, una isla de paz en un mundo cruel y enloquecido. Cada vez que la veía, cada vez que pensaba en ella, el deseo bullía en su interior. Le cautivaba su manera de moverse, elegante y sexy, la suave y aterciopelada voz que le hacía estremecerse y la infalible habilidad que tenía para reducir a una simple mentira sus propósitos de mantener las manos alejadas de ella.

¿Qué demonios hacía? ¡Estaba paseando con Sean Regan! Soltó un juramento. Era consciente de haberla echado de menos, pero no había comprendido hasta qué punto hasta que la había visto en carne y hueso con otro hombre. A pesar de su fuerte carácter, no era dado a la violencia, pero sintió el deseo de demostrarle a ese joven su superioridad.

Entornó los ojos y continuó contemplando las dos figuras en la playa que habían reanudado la marcha. ¿De qué hablaban tan seriamente? Había visto sonreír a Karen, ¿o había reído? No soportaba que Sean tuviera la habilidad para hacerle sonreír y tuvo que contener el casi irresistible impulso de gritar, de hacerse notar. Y cuando hubiera captado su atención, insistiría en que lo acompañara a su casa, a su cama... Sí, a su cama. Y allí le haría olvidar la bonita sonrisa y el encanto de ese joven, y le haría gemir y gritar de deseo por él. «Me perdería en ella», pensó. Se ahogarían en el fuego de su pasión.

Ese deseo, casi doloroso, atenazó a Gray hasta casi hacer que se olvidara de respirar.

—¿Qué demonios me has hecho, Karen Ford? –gritó furioso como si intentara exorcizar el efecto que ejercía sobre él mientras Chase ponía las orejas tiesas–. Ya lo sé, chico –Gray soltó el collar del perro y le acarició la cabeza–. Tú también la echas de menos, ¿verdad? Pues me temo que no puedo hacer gran cosa por ahora. No si está con otro. Quizás después –una idea empezó a formarse en su mente–. Venga, vamos a casa.

Karen suspiró mientras contemplaba las distintas prendas que había extendido sobre la colcha de la cama como si se tratara de un bazar turco. Frunció el ceño y las combinó mentalmente hasta... hasta no obtener gran cosa. Nunca había sido una esclava de la moda, pero le apetecía sentirse guapa para encontrarse con Liz Regan en La Cantina de Liz.

¿Debía ir de bohemia? ¿Esperaría Liz a alguien más moderna? Lo dudaba. La ciudad, aunque floreciente, estaba en una zona casi rural. Aun así, no le resultaba fácil decidirse.

Suspiró de nuevo y eligió un top de color rosa coral con lazos rosas en la cintura y lo combinó con una falda multicolor de vuelo que parecía mexicana.

Estaba poniéndose el top cuando alguien llamó a la puerta. Karen se quedó helada. ¿Quién demonios sería? Consultó la hora... demasiado pronto para que fuera Sean.

Todavía no se había decidido sobre el trabajo. A ratos le apetecía aceptarlo y a ratos no. ¿Qué sabía ella sobre trabajar en un café? No mucho, aunque sí sabía cocinar y limpiar. Nerviosa y azorada, salió del dormitorio y abrió la puerta con las mejillas encendidas y los cabellos revueltos y salvajes sobre los hombros.

–Gray.

El corazón casi se le paralizó en el pecho. Aunque absorbió todos los rasgos del hermoso rostro como si fuera un salvavidas y ella estuviera a punto de ahogarse, él no pareció mostrar muchos signos de placer al verla.

Los ojos grises, habitualmente fríos y altivos, parecían recién llegados del Ártico. Los anchos hombros, cubiertos por la habitual cazadora negra, ocupaban toda la entrada y la mandíbula estaba encajada. El gesto era severo, sin el menor signo de que fuera a suavizarse. El estómago de Karen se encogió. ¿Qué delito había cometido?

—Es obvio que he venido en mal momento —espetó él, claramente al límite de su paciencia.

—¿Mal momento? ¿Por qué lo dices? Yo... yo solo...

Algo en los inquietantes ojos grises le obligó a bajar la vista. Y de inmediato vio que no se había colocado bien el top y que tenía un hombro al descubierto y el tirante del sujetador caído. El delicado y redondeado pecho se mostraba mucho más de lo que resultaba decente y el conjunto lo completaban las mejillas inflamadas y los cabellos revueltos. De repente comprendió que su visitante debía haber sumado erróneamente dos y dos.

Apresuradamente se colocó bien la manga, cada movimiento atentamente seguido por Gray.

—Es Sean, ¿verdad? —gruñó.

Se mostraba tan furioso que Karen dio un paso atrás, presa de un violento temblor.

—¿Por... por qué dices eso? —balbuceó.

—¿Dónde está? ¿Aún sigue aquí? —Gray irrumpió furioso en la casa, cerrando la puerta de un portazo con tal fuerza que casi la descolgó de los goznes.

—Gray... —sintiéndose palidecer, Karen lo miró con nerviosismo.

Extendió una mano para acompañar con gestos su explicación y la encontró atrapada por la mano de Gray que tiró de ella hasta hacerle perder el equilibrio y tropezarse contra el fuerte torso. Fue como darse un golpe contra un bloque de granito y durante un peligroso instante casi se sintió desfallecer ante el inquietante aroma a furia y calor que percibió.

—¿Lo haces para castigarme? —rugió él lanzando destellos de sus ojos grises.

—Sean no está aquí, Gray —protestó ella alzando la voz.

—Os vi en la playa —los dedos de Gray se clavaron en la suave piel de los brazos de Karen.

—Y sacaste tus propias conclusiones.

Algo saltó en el interior de Karen. Ese hombre había conseguido transformar un hecho totalmente inocente en algo casi sórdido. ¿Quién demonios se había creído que era irrumpiendo en su casa y tratándola como si fuera de su propiedad? No necesitaba su permiso, ni el de nadie, para hacer lo que quisiera. Era una persona libre.

—¡Puedo pasear con quien me dé la gana! Eres mi casero, no mi dueño.

Frunciendo el ceño con rabia, Gray la soltó y se dirigió hacia la ventana para contemplar el verde césped en cuyo límite estaba aparcado el todoterreno cubierto de barro en el que había acudido a la cabaña. Pero apenas lo vio. Su mirada iba más allá, hacia las oscuras montañas con sombras violáceas, y hacia el mar. El corazón le latía desbocado. Jamás había sufrido tamaños celos. ¡Jamás! Maura lo confirmaría sin dudar... al igual que cualquiera de las mujeres de su pasado. Había sido uno de los principales motivos de discusión entre ellos. Jamás había sentido lo suficiente por ninguna de ellas para estar celoso. Hasta ese día...

Lentamente se volvió y contempló el motivo de su dolorosa introspección. Contempló el ajustado top rosa ceñido sobre los aterciopelados pechos, inconscientemente provocativos. Los largos y dorados cabellos estaban sensualmente revueltos y los azules ojos parecían tan claros como el cristal. Era sin duda la personificación de las fantasías masculinas. Un doloroso deseo lo atravesó como un tren a toda máquina y se dijo que no le importaba que Sean Regan se hubiera acostado primero con ella. Lo superaría. Seguía deseándola.

—Si sugieres que hubo algo entre Sean y yo —empezó Karen con las manos fuertemente unidas sobre el estómago—, no hubo absolutamente nada. Solo fuimos a dar un paseo.

—¿Por qué? —de repente Gray sintió que se le aflojaba la opresión en el pecho. Deseaba creerla, era lo que más deseaba en el mundo en esos momentos. Lo deseaba más incluso que pintar y eso era decir mucho porque la pintura era su vida.

—¿Por qué? —Karen frunció el ceño de una manera deliciosa que hizo que a Gray se le secara la boca—. Pues porque me lo propuso —ella se encogió de hombros.

—¿Qué quería?

—Escucha... no entiendo a qué vienen tantas preguntas. No he hecho nada malo y no sé por qué te debo una explicación. Hasta hace unas semanas ni siquiera te conocía.

—Pues ahora sí me conoces —Gray se apartó de la ventana y se acercó lentamente a ella.

La mirada de Karen se deslizó involuntariamente desde los gélidos ojos hasta las largas y musculosas piernas envueltas en unos ajustados pantalones vaqueros negros. No había que ser profesor de biología para deducir que estaba más que ligeramente excitado y tuvo que obligarse a respirar porque, de repente, se sintió a punto de ahogarse.

—¿Entonces no estabas en la cama con Sean cuando llamé a la puerta? —el sensual timbre de voz hizo que Karen se quedara clavada al suelo.

—Pero, cómo... ¡registra el dormitorio si quieres! —ella se mordió el labio para contener las lágrimas. ¿De verdad la creía tan desesperada como para meterse en la cama con el primero que se lo pidiera? Como si fuera tan sencillo transferir su interés por Gray a otro hombre. Por culpa de él ya nada tenía sentido. Debería llorar la muerte de su marido, no correr tras un frío y cínico extraño, demasiado enfadado y herido para ser amable.

—No hace falta. Te tomaré la palabra —él suspiró y se frotó la nuca.

De repente, las comisuras de sus labios se curvaron en una deslumbrante sonrisa y Karen se sintió sumergida en la sensual calidez de la miel tibia.

Lo miró sin aliento y luchando por aparentar calma. ¿Por qué tenía que salirse con la suya? Solo porque le había dado en el punto débil con esa devastadora sonrisa, no significaba que debía convertirse en arcilla en sus manos. Sin embargo, su mera presencia tenía el poder de hacerle sentirse más viva y feliz de lo que se había sentido jamás. No obstante, también sabía que podría hundirla en el pozo de la miseria, y jamás le perdonaría ese comportamiento de cavernícola. Por último la había herido con sus insensibles insinuaciones y tenía todo el derecho del mundo a estar furiosa.

—¿Y se supone que debo darte las gracias por ello?

—Olvídalo... ¿tienes pensado dar más paseítos con Sean?

—Eso no es asunto tuyo.

—Lo estoy convirtiendo en asunto mío.

La sonrisa desapareció tan rápida como había surgido, dejando en su lugar un rictus oscuro y lúgubre que hizo que Karen se arrepintiera de su contestación. ¿Debería informarle de que Sean aparecería en cualquier momento? ¿Debería contarle que su hermana quería hablar con ella sobre un trabajo? ¿Para qué situarse de nuevo en el disparadero? No había hecho nada malo.

—No puedo aceptarlo porque es totalmente irracional.

De todos modos... –Karen consultó la hora. Faltaban quince minutos para que llegara Sean y debía apresurarse para estar arreglada a tiempo. Lamentablemente debía conseguir que Gray se marchara, de lo contrario sería presa de una crisis nerviosa cuando apareciera el otro hombre–. Estoy a punto de salir. Gracias por acercarte –bajó la mirada, incapaz de enfrentarse a los ardientes ojos–, aunque fuera para despellejarme.

–¿Adónde vas?

Karen había rezado para que no se lo preguntara y toda la sangre se le subió al cerebro. Contarle que iba a marcharse con Sean, a pesar de la inocencia del propósito, sería como echar sal en una herida abierta. Por otro lado, tenía que decirle la verdad.

–Voy a ver a alguien por un trabajo –se cruzó de brazos, consciente de que el top rosa no había sido la prenda más adecuada. Gray no le había quitado el ojo de encima y eso empezaba a provocarle sudores por todo el cuerpo.

–No tenía ni idea de que buscaras trabajo –él frunció el ceño, aparentemente molesto.

–No lo hacía –Karen se encogió de hombros–. Pero alguien pensó que podría interesarme uno en particular.

–¿Sí? ¿Cuál?

Ella se humedeció los labios. El interés despertado en el rudo y altísimo hombre que tenía a escasos centímetros había sido instantáneo y tangible. Tragó con dificultad y sintió los pezones repentinamente erectos mientras el estómago se le encogía incómodamente.

–Exactamente no lo sé, pero espero averiguarlo.

–¿Me estás contando que necesitas un trabajo?

–No te estoy contando nada. Y deja de interrogarme... no me gusta –exasperada por tanta pregunta que conseguía hacerle sentirse culpable, Karen se dirigió al dormitorio.

–¿Karen? ¿Necesitas dinero? Puedo ayudarte.

Ella se volvió estupefacta y se lo quedó mirando con sus grandes ojos azules.

–No, no lo necesito. Ese no era el motivo de considerar el trabajo. Tampoco es que sea millonaria, pero no me va mal económicamente. De todos modos, gracias.

Por suerte Ryan, y sus propios ingresos, la habían dejado en una situación acomodada. Aun así, le había emocionado que Gray estuviera dispuesto a ayudarla. La había sorprendido nuevamente, como cuando había aparecido con los muebles nuevos que habían cambiado el aspecto del salón, o cuando había pintado las paredes cuando no le habría supuesto ninguna molestia contratar a alguien para que lo hiciera por él.

–Tengo que arreglarme.

–Puedo llevarte, si quieres. Incluso puedo esperar y traerte de vuelta.

La manga de la cazadora de cuero crujió mientras Gray alzaba una mano para secarse el sudor de la frente. El movimiento despejó la frente del mechón de negros cabellos que normalmente la cubría y Karen pudo ver las arrugas que surcaban su piel. La visión la conmovió, como si esas arrugas fueran producto de un excesivo sufrimiento, despertando en ella el instinto de consolarlo. Sin embargo, no era el momento.

–Sean viene a recogerme. Y seguramente me traerá de vuelta –Karen dejó caer al costado la mano que había estado a punto de abrir la puerta del dormitorio. En los ojos de Gray se reflejó un destello de ira y la mandíbula se le encajó.

–Entiendo.

–No, no lo entiendes –exclamó ella exasperada–. La persona que quiere verme por lo del trabajo es su hermana, Liz. Acaba de inaugurar un café y busca ayuda.

Sean le habló de mi repostería y le llevó un trozo de mi bizcocho de frutas para que lo probara. Ha pensado que podría interesarme trabajar para ella.

La explicación no despertó ninguna reacción por parte de Gray, salvo una mirada tórrida y oscura, y Karen alzó las manos en un gesto de desesperación.

—Envió a Sean para que me transmitiera su recado. Solo le está haciendo un favor a su hermana. Tampoco es que sea para tanto, ¿no?

—Eso depende de lo que opine Sean al respecto.

Capítulo 6

QUÉ QUIERES decir? –preguntó Karen con expresión de inocencia.

Gray no sabía si sujetarla por los hombros y sacudirla, o atraerla hacia sí y besarla hasta dejarla sin sentido. Esa mujer, por el amor de Dios, había estado casada cinco años y, sin embargo, se comportaba con los hombres como una ingenua.

–¿De verdad hace falta que te lo explique? Eres una chica preciosa. Sean es un joven sin compromiso y razonablemente atractivo. ¿Lo ves más claro ahora?

–Él no me ve así –protestó ella al comprender con ansiedad lo que Gray quería decir. Ignoró la ligera sensación de que pudiera ser cierto y, como Escarlata O'Hara, decidió dejarlo para otro día–. Además, yo no estoy disponible para una relación amorosa.

–¿En serio?

–No actúes como si lo supieras todo.

El sonido de un coche hizo que ambos se volvieran hacia la ventana.

–Tengo que terminar de arreglarme –se excusó ella, evitando la inquietante mirada de Gray.

–Como se insinúe lo más mínimo, lo sacudo –aseguró él con los puños cerrados.

–Qué encanto... ¿Así es como tratas a los amigos?

–No es mi amigo –gruñó Gray–, trabaja para mí. Yo no tengo amigos. No los necesito.

–No tengo tiempo para esto –Karen sacudió la cabeza y se dirigió al dormitorio.

–Para tu información, volveré esta noche.

–¿Para qué? –ella lo miró perpleja.

–Esa sí que es una buena pregunta –sonriendo y endemoniadamente atractivo, Gray abrió la puerta y salió de la cabaña.

–Hola, Gray –Sean acababa de bajarse de la furgoneta cuando Gray lo alcanzó y sonrió inquieto a su jefe ocasional que lo miraba con el ceño fruncido.

–Si estás pensando en invitarla a salir, olvídalo –rugió Gray–. Ha venido para recuperarse... para superar la muerte de su marido.

–¿Es viuda?

–Sé respetuoso y no vayas tras alguien inapropiado –el ceño fruncido se acentuó aún más.

–Claro, solo voy a acompañarla a hablar con mi hermana de un trabajo –se defendió Sean.

–Más vale que sea así. Y asegúrate de traerla a casa inmediatamente después.

–Realmente no creo que...

–¿No crees que sea asunto mío? –interrumpió Gray mirándolo con toda su furia–. Pues ahí te equivocas. Por lo que a... ¡Da igual!

Convencido de haber sido bastante claro, se marchó con su habitual caminar impaciente.

Liz Regan, la hermana de Sean, era una bonita y delgada pelirroja de alegres ojos verdes. A Karen le gustó de inmediato, y también le gustó cómo había transformado un viejo y decrépito local en un agradable y moderno café mexicano con los suelos de terracota, las paredes pintadas de azul y naranja y sólidos muebles de madera. Las mesas estaban cubiertas de manteles de plástico amarillos estampados con frutas. Los dos últimos clientes del día se marcharon y Liz se quitó el delantal amarillo antes de estrechar la mano de Karen y conducirla hacia la parte trasera donde tenía su despacho.

–Eres justo lo que necesita este lugar –declaró con una amplia sonrisa mientras le guiñaba el ojo a su hermano–. Y hueles muy bien. No podré mantener a los chicos alejados de aquí si empiezas a trabajar para mí, Karen.

–Sean me comentó que buscabas ayuda... ¿Exactamente en qué estabas pensando?

–He oído hablar de tus cualidades como repostera. Siendo la dueña de esto, no siempre tengo tiempo de cocinar yo misma, aunque me encanta. Tengo una mujer a tiempo parcial preparando la bollería, pero me vendría bien alguien más. ¿Te interesa?

–Bueno, yo...

–No sería solo para la repostería –se apresuró a aclarar Liz–. Después de verte, me he convencido de que me gustaría que estuvieras aquí, en primera línea. Eres tan bonita que atraerías a toda la población masculina.

–Nunca he trabajado de camarera –aturdida, Karen se encogió de hombros–, pero supongo que podría aprender.

–¿Qué más sabes hacer? –Liz sonrió y miró a su hermano–. ¿Cuáles son tus puntos fuertes?

Tras sacar una vieja silla, le indicó a Karen con la mirada que tomara asiento.

Esta se puso cómoda y entrelazó las manos mientras repasaba mentalmente la escasa lista de sus habilidades.

–Mi punto fuerte es que aprendo rápido, y que siempre hago un buen trabajo. Pero supongo que lo que mejor se me da es limpiar y cocinar... Nunca he preparado comida mexicana, pero estoy dispuesta a ser tu ayudante en lo que haga falta.

–Me vendría bien alguien que me ayude con el papeleo y para dirigir el local, pero ya tengo a alguien para la cocina mexicana. ¿Hay algo más que sepas hacer?

–¿Como qué, por ejemplo?

Karen se sentía algo decepcionada. Al parecer cocinar, limpiar y servir como ayudante no le bastaba a Liz. Aunque no había acudido a la cita con la esperanza de conseguir un trabajo, sus viejas inseguridades resurgieron.

–¿Eres imaginativa? ¿Se te da bien la gente? ¿Sabes cantar? Esa clase de cosas.

El corazón de Karen se aceleró. Al otro lado de la habitación, como si presintiera su incomodidad, Sean le dedicó una sonrisa tranquilizadora.

–¿Si sé cantar?

–Eso es. A todo el mundo le gusta una buena melodía. Había pensado en algún espectáculo un par de veces a la semana durante la comida. Aumentaría los beneficios.

Karen se preguntó si habría clientela suficiente en aquel lugar para montar un espectáculo musical. Mirando a los ojos verde esmeralda de Liz Regan, de repente supo que si alguien podría conseguirlo era ella. Carraspeó para aclararse la garganta y se irguió en la silla.

–Sí, sé cantar.

–¿En serio? ¿Y no tendremos la suerte de que, además, toques algún instrumento?

–La guitarra –contestó Karen con una sonrisa mientras el corazón recuperaba su ritmo habitual–. Toco la guitarra acústica.

–¡Eureka!

Para sorpresa de Karen, Liz la arrancó de la silla y se puso a bailar con ella.

–Liz... por el amor de Dios, ¿qué haces? –Sean agarró a su hermana del brazo.

–¡Ni siquiera sabes si canto bien! –exclamó Karen cuando Liz, al fin, la soltó.

–¿Y cantas bien o no? –la sonrisa se congeló en el rostro de la otra mujer, como si no hubiera considerado esa posibilidad.

–Fui cantante profesional –admitió Karen con el corazón nuevamente acelerado. Y en ese momento comprendió lo mucho que había echado de menos actuar.

–¿De verdad? –intervino Sean sorprendido.

–Sí. Mi difunto marido era mi representante.

–¿Eres viuda? –la expresión de Liz se tornó seria.

–Lo soy. Pero venir aquí me ha sentado realmente bien... me ha ayudado a resignarme.

–En cuanto te vi supe que eras especial. Hay en ti una luz que atrae las miradas, y no me refiero solo a que seas la cosa más bonita que haya visto esta ciudad en años, Karen Ford.

De pie frente a la puerta de Karen, Gray se pasó unos gélidos dedos por los empapados cabellos negros. Todo rastro de incomodidad lo abandonó ante la música que surgía del interior. Debía tener la radio puesta. La canción acompañada de una guitarra resultaba fascinante, conmovedora. La cantante daba muestras de un poco habitual talento.

Sin darse cuenta, los ojos se le llenaron de lágrimas. Últimamente nunca escuchaba música, pero su padre, Paddy, la había amado con pasión. A menudo solía acudir al bar de Malloy los sábados por la noche para bailar a cualquier son, olvidando así por un instante sus problemas... y aprovechando para tomarse algunas cervezas.

Tras hacer una mueca, golpeó la puerta con los nudillos. De inmediato, la música paró. La urgencia que asfixiaba sus sentidos cada vez que pensaba en Karen lo agarrotó vengativamente al pensar que su presencia había interrumpido el disfrute del programa de radio hasta que decidiera marcharse. Había pasado una horrible tarde imaginándosela en compañía de Sean y el reloj del salón apenas habían dado las siete cuando salió de su casa y se subió al coche para acercarse hasta allí. Para acercarse a ella...

El corazón de Gray latió con fuerza al sentir que se abría la puerta.

—Ah... eres tú.

De inmediato tuvo la sensación de que ella se sentía desilusionada al verlo. ¿Acaso había esperado que fuera Sean quien llamara a su puerta aquella noche?

Los celos le apuñalaron las entrañas con el ardor de una daga al rojo vivo. Karen llevaba unas mallas de color negro, blusa negra de seda y un echarpe rojo de algodón sobre los hombros. Los bonitos cabellos estaban sueltos y los hermosos ojos azules centelleaban.

—Sí, soy yo. Te dije que vendría, ¿recuerdas?

—Supongo que será mejor que entres.

Karen le cedió el paso con evidente desgana y, tragándose la irritación al no verla feliz por su presencia, Gray entró. Lo primero que llamó su atención fue la guitarra acústica apoyada contra el sofá. Su estómago se encogió y enarcó las cejas.

—He oído la música desde fuera, pero pensé que era la radio —Gray no había pretendido que el tono resultara acusador, pero así fue como surgió de sus labios.

—Y ahora vas a decirme que los inquilinos no tienen permiso para tocar la guitarra...

—¡Qué tontería! —él hundió las heladas manos en los bolsillos de la cazadora, tentado de extenderlas frente a la chimenea, pero no podía hasta haber convencido a esa mujer de que no había acudido a la cabaña para hacerle la vida difícil–. ¿Eras tú la que cantaba?

–Sí... era yo –Karen cruzó los brazos sobre el pecho.

–Casi se me para el corazón –continuó Gray en un susurro.

Ella se sonrojó y desvió la mirada al suelo.

–Eres sorprendente –al ver el efecto que tenía su cumplido en ella, Gray salvó la distancia que los separaba y la tomó en sus brazos–, deliciosa, una *mhuirnín*...

–Tienes las manos heladas.

–Puede ser, pero por dentro estoy ardiendo... ardiendo de deseo. Tanto que no puedo pensar en otra cosa –exclamó él con voz ronca mientras le tomaba el rostro entre las manos y le acariciaba las mejillas con los pulgares.

–No seríamos buenos el uno para el otro, Gray –se estremeció ella, bañándole con su cálido aliento.

Sin embargo, incluso antes de terminar la frase, Gray la besó apasionadamente como si le estuviera insuflando oxígeno. Apenas recordaba su nombre. Solo quería abrazarla, amarla. Si ella se lo permitía...

–¿Cómo lo sabes si no lo intentamos? –susurró él.

Aplastando las manos contra el fuerte torso, Karen intentó en vano apartarlo de su lado.

–Puede que me haya vuelto loca, pero no soy ninguna descerebrada a punto de arrojarse desde un precipicio, porque eso haría si te dejara... si te dejara... –Karen se interrumpió y se mordió el labio. Los hermosos ojos azules se habían humedecido.

–¿Si me dejaras qué? ¿Alejar el frío durante un tiempo?

En un gesto que aparentaba rendición, Karen apoyó la cabeza contra el cuerpo de Gray que le acarició los cabellos con la palma de la mano, murmurando dulces palabras irlandesas mientras registraba en silencio las temblorosas curvas de su fino cuerpo.

–Calla, *a chailín álainn* –jamás se había sentido tan protector o posesivo con una mujer y, brevemente, cerrando los ojos, le besó la cabeza.

–¿Y si te dejo mantener alejado el frío durante un rato, no habrá más? –Karen levantó la vista y lo miró.

–Si es lo que tú quieres.

–¿No esperarás que compartamos nada más?

–No –contestó Gray ocultando el desaliento que lastimaba su corazón.

–Yo tampoco –Karen le tomó la mano y, en silencio, lo guió hasta el dormitorio.

Gray quiso ayudarla a desnudarse, pero Karen le agarró la húmeda cazadora de cuero y, lentamente, la deslizó por los fuertes hombros. La mirada de los ojos grises estaba cargada de deseo y ella percibió el esfuerzo que hacía él por controlarse para evitar atraerla hacia sí con rabia. De su interior surgió una excitación embriagadora, casi dolorosa, que le hizo estremecerse. Gray O'Connell era un hombre forjado y amargado por su pasado, pero con los negros cabellos revueltos por el viento y la mirada hambrienta resultaba desgarradoramente hermoso. En esos momentos era todo lo que ella necesitaba... aunque, al final, el fuego que había iniciado en ella la dejara reducida a cenizas.

–¡Por el amor de Dios, Karen! –exclamó él estremeciéndose mientras ella continuaba desnudándolo metódicamente, primero el jersey y luego la camiseta que llevaba debajo.

El suave y almizclado aroma de su cuerpo inyectó una ráfaga de deseo en la sangre de Karen que corría serio riesgo de caer al suelo si sus gelatinosas rodillas cedían. Maravillada ante los músculos que se dibujaban bajo el negro vello que salpicaba el masculino torso, no pudo resistir la tentación de apoyar sobre él las palmas de la mano, acariciando los pezones y sintiéndolo tenso bajo sus caricias. Alzó la vista y percibió la desesperación en sus ojos, deslizó la mano sobre el pómulo antes de hundirla en los negros cabellos que resultaron ser mucho más suaves de lo que aparentaban.

–¿Pretendes volverme loco? –Gray le sujetó la mano y besó ardientemente la palma.

–Eres hermoso –susurró ella con dulzura–. Solo quería contemplarte.

–Y yo también quiero contemplarte en tu esplendor. Pero más que eso, te necesito en mis brazos ante de morir de la agonía que me provoca el deseo de tenerte.

Tras quitarle apresuradamente los vaqueros, Karen al fin fue aprisionada contra el pecho de Gray que la llevó en brazos hasta la cama. Ya había retirado las sábanas para la noche, y el suave algodón resultó refrescante contra su ardiente piel, incluso a través de la ropa. Una ropa que desapareció enseguida por obra de Gray que se sentó a horcajadas sobre ella, atrapándola con los fuertes muslos antes de agacharse para devorarla con un beso.

Karen jamás había recibido un beso así, un beso que la inundó de un fuego tal que ni siquiera oyó sus propios gemidos que se habían unido a los de él. La masculina boca, al igual que la lengua, sabía a mar y alimentaron su deseo hasta niveles casi insoportables. Gray aprisionó un erecto pezón entre los labios, mordisqueando la suave piel y Karen soltó un gemido, desprovisto de todo aliento ante la sorpresa y el deseo. Ryan nunca le había hecho sentir así... nunca había generado esa salvaje tormenta de deseo que la desgarraba y amenazaba con lanzarla al mar...

Sentía deseos de llorar y le parecía estar traicionando el amor que había compartido con su esposo. Pero también recordó la incomodidad de Ryan al conocer los deseos íntimos de su mujer. Algunos hombres tenían menos impulsos sexuales, le había explicado. Lo sentía, pero así era él. A lo mejor no podía amarla tal y como ella necesitaba, pero le aseguraba que ponía todo su empeño en ayudarla a construir una maravillosa carrera y en ser el mejor y más devoto amigo que tendría jamás.

Karen desterró los involuntarios recuerdos y se perdió en los ardientes y embriagadores besos de Gray. Deslizó las manos por la atlética espalda hasta llegar a los glúteos, percibiendo en él una expresión de profunda satisfacción, acompañada de una exclamación que le hizo sentir más femenina y deseable de lo que se había sentido nunca. En silencio reconoció su deseo de liberarse de las ataduras que la mantenían dolorosamente aferrada al pasado. Necesitaba sentirse libre para caer o volar... tanto daba.

—Quiero...

—¿Qué quieres, mi hermosa y pequeña ave cantora?

El beso en el cuello, justo por debajo de la oreja, le hizo estremecerse. Los labios de Karen se volvieron blandos y maleables mientras el fuego volcánico inundaba su centro íntimo.

—¿Más de lo mismo? —bromeó Gray mientras tomaba sus pechos entre las manos ahuecadas y le pellizcaba los pezones hasta casi hacerle saltar de la cama.

—¡Sí! —exclamó ella delirante de deseo.

Gray levantó la cabeza y se sentó para alcanzar los vaqueros arrojados sobre la cama, volviendo a tomar apresuradamente a Karen en sus brazos mientras protegía su endurecido sexo con el preservativo que había comprado.

Transfigurada por la perfección de la masculina belleza de los brazos que la rodeaban, y tímidamente observando su erección, Karen no perdió tiempo especulando sobre el hecho de que había acudido a la cabaña preparado. ¿De qué serviría? Eran adultos y ambos eran conscientes de la casi violenta química que había entre ellos, y que tarde o temprano acabarían por liberar.

Sin embargo, temblaba con tal violencia que le resultaba casi imposible relajarse. Era innegable que el irracional deseo de liberación sensual se había visto manchado con algo de miedo y tensión. ¿Incluso un sentimiento de culpa? Hacía tanto tiempo que no había estado con un hombre que, cuando Gray empezó a penetrarla, incluso mientras su boca se fundió con la de ella y sus lenguas se entrelazaron, no pudo evitar una pequeña exclamación de dolor.

–¿Qué sucede? ¿Te estoy haciendo daño? –Gray la miró fijamente, sorprendiéndola con su sincera preocupación.

–No. Estoy bien. No pasa nada.

Karen no necesitaba su amabilidad. Si se mostraba amable con ella, podría llegar a importarle demasiado. Y ese era un riesgo que no podía asumir. Desear que Gray formara parte de su vida sería como intentar agarrar la brisa marina con las manos.

–Tan solo abrázame –murmuró.

–Haré más que eso, *a stór*... Voy a llevarte a un lugar en el que podremos ser libres durante un tiempo... sin dolor, sin pesar. Te lo prometo.

Karen contuvo el aliento cuando él la penetró por completo y, como un felino, contempló el placer y la sorpresa asomar al hermoso rostro, sonriendo al ser consciente del efecto que había provocado en ella. Gray la poseyó con fuerza y exigencia y Karen se deleitó como nunca lo había hecho, recibiendo cada embestida con un movimiento de caderas para ayudarlo a entrar cada vez más profundamente.

Tan perdida estaba en la sensualidad del momento

que no se dio cuenta de cuándo se convirtió en una explosión imparable que la llevó hasta las estrellas. Lo que sí oyó fue la profunda voz de Gray que la impulsaba hacia delante y los ojos se le llenaron de lágrimas al desgarrarse en sus brazos.

Había sido algo maravilloso, de ahí las lágrimas. Ni siquiera había tenido que esforzarse. Aunque le costaba admitirlo, con Ryan hacer el amor siempre había conllevado un componente de frustración. Saber que su esposo podía vivir sin sexo parecía haber inhibido su propia capacidad para dejarse ir y disfrutar del acto en las ocasiones en que sí mantenían relaciones.

Pero en ese momento, mientras las saladas lágrimas se deslizaban hasta su boca, oyó el salvaje alarido de Gray que se quedó inmóvil dentro de ella durante unos instantes antes de estremecerse violentamente. Sus miradas se cruzaron y vio la expresión de sorpresa en los ojos grises a medida que las oleadas se iban calmando. Karen tomó el hermoso rostro entre sus manos y lo llevó hasta su pecho, sintiendo el calor y la rugosa barbilla, sintiendo el peso del atlético cuerpo que la aplastaba contra el colchón. Sintiéndose lo más cerca del paraíso que podía imaginarse...

Capítulo 7

ACUNADO entre sus pechos, el embriagador aroma del cuerpo de Karen despertó en Gray un inexplicable deseo de algo que no podía, o no quería, nombrar. Eso le intranquilizaba y le hacía volver rápidamente al aspecto físico de su unión... algo que sí se sentía capaz de manejar. El clímax había disparado su termómetro del placer hasta niveles estratosféricos, pero no había saciado su irrefrenable deseo por ella. Y de nuevo se sintió endurecer.

Sacó un pañuelo de papel de la cajita sobre la mesilla y depositó sobre él el preservativo de látex, sin dejar de mirar a Karen fijamente a los ojos mientras se colocaba uno nuevo. Empezó otra vez a moverse dentro de ella, irguiéndose para que ella pudiera mirarlo, y sonrió, disfrutando de la expresión de sorpresa y lánguido placer en el femenino rostro. Bajo la mortecina luz del atardecer, los azules ojos parecían del color del zafiro y la hermosa boca era un sensual y lujurioso paraíso que podría explorar el resto de su vida.

Karen le tomó el rostro entre las manos y lo atrajo hacia sí, premiándolo con un ardiente y apasionado beso. Cercano al punto de combustión, Gray alteró su posición y urgió a Karen para que se colocara encima. Incluso antes de que acomodara el delicioso trasero con forma de melocotón sobre sus caderas, ya estaba empujando en su interior, desesperado por llegar al contacto sísmico que sabía le aguardaba. Karen empezó a bascular las caderas y él gruñó ante la visión del maravilloso rostro, los cabellos dorados como la piel y los enhiestos pechos. Y se prometió que la pintaría. Sería su mejor obra.

—Eres una diosa... aunque ni siquiera esta expresión te hace justicia.

Cuando Karen abrió la boca para contestar, las manos de Gray le atraparon las caderas para sujetarla con más fuerza sobre su rígido miembro y mantenerla quieta. Los impresionantes ojos azules lo miraron sorprendida y la respiración se volvió entrecortada. Durante interminables segundos, Gray se sumergió en las más increíbles sensaciones.

Sin embargo, en su mente afloró una dolorosa duda. «No la merezco», reflexionó, «pero, por Dios, que no la voy a dejar marchar tan rápidamente». Hacer el amor con Karen había sido un sueño hecho realidad y no había recriminación por el pasado, ni sentimiento de culpa por el esposo fallecido que pudiera impedirle desear más...

Karen despertó a primera hora de la mañana ante el sonido de la lluvia. Se tapó el frío hombro con el edredón y observó al hombre que dormía a su lado. Dos ligeras arrugas, apenas apreciables, surcaban su entrecejo y la sensual boca estaba desprovista de todo cinismo y dolor, inocente como la de un bebé.

El remordimiento de Gray porque su padre no hubiera aceptado su decisión de forjar su propio futuro, y la triste y lamentable muerte sobre una solitaria playa, lo atormentaba y lo castigaba, como el terrible suceso del suicidio de su madre. Comprendiendo su tristeza, Karen suspiró y le acarició suavemente la mandíbula con la punta de los dedos.

Tras regresar de la entrevista con Liz, había intentado no pensar en la visita anunciada para aquella noche. Ese hombre seguía siendo un enigma imprevisible. Pero incluso mientras tocaba la guitarra e intentaba recordar las canciones que podría cantar en el café, su estómago había dado un vuelco cada vez que pensaba en Gray.

En esos momentos, el musculoso brazo la rodeaba por la cintura. Cada vez que hacía el menor movimiento, la abrazaba con más fuerza, como si estuviera decidido a no dejarla marchar, ni siquiera en sueños.

Reflexionando sobre la pasión que habían compartido antes de sucumbir agotados al sueño, Karen sintió que el corazón le daba un brinco ante la esperanza de que algo bueno pudiera surgir de aquello, y rezó para que no resultara tan mal como secretamente se temía. Gray había despertado algo en ella que su adorado esposo no había sido capaz de liberar. Por primera vez en veintiséis años, se sentía deseada y segura de su feminidad. Tumbada a su lado, sintió una renovada convicción. La convicción de que nunca más volvería a darle miedo probar cosas nuevas, de que era capaz de abrazar la vida. Se permitiría a sí misma disfrutar. Y, sobre todo, dejaría de buscar continuamente la aprobación de los demás, incluyendo la de su madre...

Enterró el rostro entre el brazo y el musculoso hombro de Gray... y volvió a dormirse.

Al despertar nuevamente, los sonidos provenientes de la cocina no dejaban lugar a dudas: estaba preparando té. También percibió el olor a tostadas. Karen ahuecó la almohada y se incorporó. Acababa de cubrirse los pechos desnudos con el edredón cuando la puerta se abrió y apareció Gray con los cabellos revueltos, los vaqueros caídos y el torso desnudo. Llevaba una bandeja con dos tazas, una con té y otra con café, y un plato con tostadas recién hechas. A Karen nunca le habían despertado de una manera tan sexy.

–Buenos días –saludó.

–Buenos días –contestó él con voz ligeramente ronca–. He preparado el desayuno.

–Ya lo veo.

–¿No te sorprende la magnitud de mis habilidades?

–No me sorprende lo más mínimo –Karen se sonrojó ante el matiz en la voz de Gray y se cubrió un poco más con el edredón.

–¿Qué haces? –Gray dejó la bandeja sobre una mesita y fijó toda su atención en Karen.

–¿A qué te refieres?

–¿Por qué te tapas?

Karen no supo qué contestar. La temperatura en la habitación era agradablemente cálida, a pesar de la lluvia que caía fuera. ¿Cómo no iba a serlo después del calor que se había generado allí durante la noche anterior? El frío no podía ser excusa para taparse.

–Yo...

Los dedos aferrados al edredón se aflojaron lentamente mientras Gray tiraba de él. Ante el contacto de los masculinos dedos que le acariciaban la piel, Karen se estremeció, pero no de frío. Difícilmente podía sentir frío si los ojos grises le abrasaban el cuerpo a su paso.

Los ojos grises se posaron en los desnudos pechos sin siquiera hacer el amago de mirar hacia otro lado. Sometidos al profundo escrutinio, los pezones se irguieron.

–Si Shakespeare te hubiera visto como te estoy viendo yo, habría compuesto un soneto a esos hermosos pechos –sonrió él–. Y Byron te habría dedicado un tórrido poema.

Karen se inclinó hacia delante para recuperar el edredón y Gray aprovechó la ocasión para introducir un sensible pezón en su boca. Los perfectos y blancos dientes mordisquearon la tensa piel.

—¡Dios mío! —gritó ella ante la sacudida de placer y dolor que la atravesó.

—¿Te refieres a, «Dios mío no quiero esto»? —Gray levantó la vista y la miró lascivo e impenitente—. ¿O más bien, «Dios mío no quiero que pares»?

—¿Tú qué crees? —susurró Karen.

Liz decidió probar, para empezar, con un espectáculo dos veces por semana y Karen se alegró. Aunque había practicado bastante, se sentía como una principiante. Desde la muerte de Ryan, apenas había cantado una nota.

También había otro motivo para no haber ensayado con la concentración debida. Las noches las había dedicado a una distracción mucho más apremiante... Gray. Había adoptado la costumbre de visitarla a la hora de la cena, que a veces compartían. En otras ocasiones, cuando él estaba de mal humor y no le apetecía ningún preámbulo, la tomaba de la mano e iban directamente al dormitorio.

A Karen no le preocupaba la posibilidad de que Gray estuviera utilizando su apasionada relación para ahuyentar algunos de los demonios que lo atormentaban. Si al menos hallaba paz durante un rato... Le asustaba hasta qué punto empezaba a anteponer el bienestar de Gray al suyo propio. Ese hombre había calado hondo en ella. A veces Gray se dormía en sus brazos, pero a menudo se despertaba de madrugada y se marchaba. En esas ocasiones solía poner a Chase como excusa. El perro, le explicaba, lo echaba de menos.

En esos momentos, Karen estaba de pie en un espacio vacío de La Cantina de Liz. Era mediodía y de la cocina salía el apetitoso olor a comida mexicana. Sean, siempre dispuesto a ayudar, enchufaba el pequeño amplificador que le había conseguido. Varios clientes la miraban con curiosidad. Liz y Sean habían hecho correr la voz de que Karen iba a cantar y el local estaba más lleno que de costumbre. Con cierto nerviosismo, empezó a afinar la guitarra mientras repasaba mentalmente el repertorio que había elegido.

La noche anterior le había comunicado a Gray que iba a actuar y, secretamente, esperaba verlo aparecer para ofrecerle su apoyo moral a pesar de que él había manifestado que estaba seguro de que lo haría estupendamente antes de desviar la mirada y no hacer ningún comentario más. Tras comprobar que no estaba, resignada, se obligó a sonreír.

—Mucha suerte —Sean terminó de colocar el micrófono y le dio un apretón en el hombro—, aunque no te hará falta.

Karen quiso decirle que su hermana y él habían depositado una exagerada confianza en ella. Ni siquiera le habían exigido una audición. Pero entonces recordó la decisión tomada la primera vez que había hecho el amor con Gray. Había decidido no buscar compulsivamente la aprobación de los demás y tener más fe en sí misma.

—Hola —saludó acercándose sonriente al micrófono—. Me llamo Karen Ford y voy a cantar algunas canciones para vosotros. La primera se titula, *From the Heart*.

Desde el momento en que atacó la primera nota, fue como si algo familiar la poseyera y apenas tuvo que hacer ningún esfuerzo. Todo encajó a la perfección. Entre el público se hizo un silencio sepulcral, pero, en cuanto terminó la canción, sonaron los aplausos y las peticiones de más canciones. Junto a la puerta de la cocina, Liz Regan, vestida con su amplia falda mexicana y camiseta color índigo, era seguramente quien aplaudía con más fervor. Incluso silbó un par de veces. Las dos mujeres se miraron a los ojos y Karen supo a ciencia cierta que acababa de hacer una amiga y, ¿por qué no?, quizás una aliada.

Ruborizada de placer por la acogida de su música, se dispuso a interpretar, con mucha más confianza, el siguiente número.

Y entonces se quedó helada al ver aparecer a Gray.

Fuera llovía y los anchos hombros de la cazadora de cuero brillaban, casi echando vapor, en el cálido interior del café. La febril mirada se posó sobre ella de inmediato.

Su aparición había ocasionado un gran revuelo. Karen intentó sosegar el latido de su corazón mientras se volvía hacia Sean para pedirle una silla. De repente, las piernas habían dejado de aguantarle y si no se sentaba pronto temía caerse al suelo. Mientras anunciaba la siguiente canción, vio a Liz salir disparada hacia Gray para acompañarlo a una mesa vacía, como si se tratara de alguna celebridad.

Para su sorpresa, la noche anterior, Karen le había confesado que había sido cantante profesional y que había estado a punto de firmar un contrato con una discográfica cuando le había sorprendido la muerte de su marido. Al final el trato no había llegado a cerrarse y ella se había retirado de la música, escapando a Irlanda poco después. Ya había oído una muestra aquella noche, al otro lado de la puerta de la cabaña, pero en esos momentos comprendió el gran talento que poseía.

Los clientes, en su mayoría, habían dejado de comer para prestarle toda su atención a Karen. Y la visión de esa mujer, sola con su guitarra, casi hizo que a Gray se le parara el corazón. Vestía unos vaqueros desgastados y una rebeca de colores sobre una camiseta blanca. Los hermosos cabellos sueltos capturaron el único rayo de sol que se abrió paso entre las nubes. El estómago se le encogió de tensión y deseo. La noche anterior había pasado horas pegado a su cuerpo, pero no había saciado su fuerte deseo de tenerla siempre cerca. Pero en cuanto Karen empezó a cantar, supo que sería un error intentar monopolizarla continuamente.

Un talento y una personalidad tan encantadora como la de Karen debían ser compartidos, comprendió con una dolorosa punzada en el corazón. ¿Debería dejarla en paz?

Con gran irritación, desestimó la idea y fue incapaz de negarse lo único que le hacía sentirse medianamente humano...

Le hizo una señal a Liz Regan para que le sirviera un whisky doble.

Karen notó que Gray la seguía a la cocina. Su sombría presencia hacía que se tensara aún más el nudo de ansiedad que tenía en el pecho. Sean había insistido en llevarla al café para la actuación y después de regreso a casa, pero Gray había anunciado fríamente que únicamente él la llevaría a su casa. Karen había asistido en silencio a la escena, dividida entre el posesivo deseo que reflejaban los ojos grises y la evidente desilusión de Sean.

Desconocía qué le había parecido la actuación, y estaba demasiado nerviosa para preguntárselo. Gray había permanecido silencioso e impaciente al fondo del café mientras los clientes se acercaban a ella para alabar su música y preguntar cuándo se repetiría.

Incapaz de contenerse más, soltó de golpe las tazas sobre la encimera y se volvió hacia él.

–¿Qué sucede? ¿No te ha gustado como canto? Yo no te obligué a presenciar la actuación.

–No... no lo hiciste.

–Entonces, ¿por qué estás tan... tan...?

–¿Reticente a regalarte los oídos con alabanzas y decirte lo maravillosa que eres? –los labios perfectamente esculpidos formaron una sonrisa amarga e irónica–. ¿No te fijaste cómo los clientes del café se atropellaban para acercarse a ti por si algún día eras famosa? ¿No te bastó como adulación?

–Yo no buscaba adulación –el corazón de Karen galopaba furioso y herido y su rostro se ruborizó violentamente–. Si te digo la verdad, me sorprendió que aparecieras siquiera. Nunca sé qué vas a hacer, cuándo vas a aparecer. Y cuando apareces voy pisando huevos por temor a decir algo equivocado. Si sospecharas mínimamente lo difícil que me resultó ponerme hoy a cantar después de todo lo sucedido, habrías mostrado un poco de sensibilidad y tacto. Desde luego no esperaba ninguna alabanza. ¡Y me importa un cuerno convertirme en famosa! Empecé a cantar por amor a la música. Y si puedo emplear mi don para ganarme la vida, ¿por qué no hacerlo? Pero, ¿sabes una cosa, Gray?, no perderé mi tiempo intentando convencerte de nada. Tengo cosas mucho mejores que hacer.

Gray la agarró con fuerza, impidiendo que pasara furiosa ante él.

–No quiero que andes pisando huevos por mí. Soy un bastardo malhumorado, lo sé. Y no te merezco ni de lejos, a pesar de desearte desesperadamente.

Habló con tal frialdad que Karen apenas notó la calidez de la mano cerrada en torno a su muñeca. Suspiró y levantó la vista hacia los fascinantes y brumosos ojos grises.

–No eres mala persona, Gray... atormentado quizás,

pero eso no significa que no merezcas ser feliz, o respetado. Tengo la sensación de que es lo que piensas, ¿me
equivoco?

Gray la soltó y hundió la mano en el bolsillo de la
cazadora. Un destello de dolor, altamente corrosivo,
cruzó el atractivo rostro y sus ojos brillaron.

—¿Y por qué no iba a pensar así? todas las evidencias en mi vida apuntan a que la gente no cree que me-
rezca la pena. ¿No se te ha ocurrido que puedan tener
razón?

—No —contestó ella con dulzura, siguiéndolo al salón–. Jamás se me había ocurrido.

—Pues quizás deberías pensar en ello.

—Yo tomo mis propias decisiones sobre la gente.

—¿En serio?

—Por supuesto.

—Y supongo que nunca te equivocas...

Karen tragó con dificultad. De repente le dolía la
garganta, reflejo de las simpatías que sentía hacia un
hombre que había levantado a su alrededor unos muros
tan altos que ni siquiera un escalador profesional podría
superarlos con éxito.

—No me he equivocado contigo, Gray.

—¿Y eso cómo lo sabes?

—Creo que tengo bastante buena intuición.

—Apuesto a que a tu marido le encantaba ese aspecto
tuyo.

—¿Perdón?

—Tu habilidad para ver lo mejor en los demás... para
perdonar.

—Yo soy así —Karen se encogió de hombros—, pero
no soy ninguna santa. He cometido, y seguiré come-
tiendo, muchos errores. Ryan también era consciente de
mis defectos.

—Y apuesto a que pasó por alto cada uno de ellos.

–¿Quieres hablar de Ryan, Gray?

–No –él sacudió la cabeza vehementemente–. Desde luego no quiero hablar de Ryan. ¿Acaso crees que soy masoquista? La mera idea de que te conociera antes que yo, de que te tuviera en sus brazos antes que yo, me provoca una indecible agonía.

Relajando visiblemente los hombros, a pesar de la pasión en su voz, Gray se quitó la cazadora y la arrojó sobre el sofá. Después cruzó el salón hasta situarse frente a Karen. El cálido aliento y el aroma tan masculino hicieron que ella sintiera un cosquilleo hasta la punta de los pies. Los masculinos dedos retiraron unos mechones de rubios cabellos del rostro antes de tomarlo entre sus manos ahuecadas. ¿Era su imaginación o esas manos temblaban ligeramente?

–De verdad que no te merezco. Tu música es extraordinaria y tu valentía al actuar delante de un montón de extraños lo es aún más. Pero me temo que si te vuelves demasiado famosa, tu don te alejará de mí, Karen... –susurró–. Y aún no estoy preparado para eso.

–Yo no quiero hacerme famosa –protestó ella, perdiéndose en la tórrida mirada, cerrando su mente a las palabras «aún no»–. Yo solo quiero estar aquí contigo.

Gray agachó la cabeza y le dio el beso más dulce que Karen hubiera recibido jamás. Y en una décima de segundo supo que le había robado el corazón. Sin embargo, también supo reconocer la permanente sombra de la ruptura...

–Quiero pintarte –declaró él con una sonrisa–. ¿Vendrás a posar para mí mañana?

–¿Te refieres solo a un retrato?

–¿Sigues teniendo miedo al desnudo? –Gray sonrió divertido.

–Seguramente pensarás que soy terriblemente mojigata —Karen maldijo su capacidad para sonrojarse en una fracción de segundo. Su actitud era ridícula, sobre todo después de haber yacido desnuda en sus brazos casi todas las noches.

—En absoluto. Me encanta tu carácter tímido. No me gustaría que cambiaras.

—Si accedo a posar para ti, ¿podríamos empezar por un retrato? Cabeza y quizás hombros.

—Un retrato, pues —asintió Gray mientras besaba la cabeza de Karen.

Bridie Hanrahan sonrió. Del estudio de su jefe surgía toda clase de improperios. Estaba alterado. O inspirado. Aquella mañana casi la había arrollado mientras subía las escaleras.

—Prepárame un café bien cargado, ¿quieres, Bridie? —le había gritado a su paso—. Después no quiero que se me moleste. Estaré trabajando todo el día en el estudio.

A la asistenta no le había pasado desapercibido el brillo en los ojos grises. De no haberse encontrado con Liz Regan aquella mañana en la tienda de Eileen, no tendría la menor idea del origen de ese brillo. Pero tras unos minutos de conversación con la joven pelirroja, había sabido que Gray O'Connell había aparecido por el café mexicano para asistir a la actuación de Karen Ford, la bonita inquilina de la vieja cabaña de su padre.

Bridie estaba intrigada. Era como si el Papa se hubiera dejado caer por el pub de Malloy y se hubiera tomado un par de pintas. De todos era sabido que Gray no alternaba. Según los rumores, era rico a rabiar, sin embargo, el dinero no parecía haberle hecho ningún bien hasta el momento. Ese hombre seguía llorando la muerte de su padre.

Al pensar en el pobre Paddy y su triste final en la

playa, Bridie sacudió la cabeza y se dirigió a la cocina para preparar el café.

Del lápiz surgían sin parar bocetos de Karen. De nuevo pintaba de memoria, lo cual no resultaba muy satisfactorio para un artista, aunque pronto, se dijo, estaría trabajando con ella en carne y hueso. El estudio estaba tapizado con hojas y en el atril descansaba un lienzo sobre el que empezar a pintar en cuanto ella apareciera. Al menos había accedido a posar para él. De nuevo se sintió conmovido por su valentía al seguir adelante sin quedarse anclada en el dolor de su pasado.

Podría aprender muchas cosas de Karen. Esa mujer lo inspiraba en todos los sentidos, y no solo por su valor para cantar de nuevo tras la trágica y repentina muerte de su marido. Cuando se perdía en la hechizante mirada azul, olvidaba la desilusión que había sido para su padre, y que su madre había vivido demasiado envuelta en su propia pena para quedarse a su lado y verlo crecer.

—Señor O'Connell, tiene visita.

—¿Visita? —repitió él. Nunca tenía visitas. La gente sabía que no debía molestarle. Pero, de repente, comprendió de quién se trataba y saltó de la silla—. ¿Es Karen Ford?

—Sí, señor O'Connell. ¿La hago pasar al estudio?

—Dado que la señorita Ford va a posar para un retrato, yo diría que lo mejor sería que subiera de inmediato, Bridie.

Capítulo 8

GRAY ESTABA sentado sobre un taburete mirando por la ventana las verdes colinas que rodeaban la casa. Tenía aspecto solitario e iba vestido con el habitual jersey negro. Hacía pocas horas que Karen lo había visto, pero el corazón le dio un vuelco como si se tratara de la primera vez.

—El trayecto hasta la casa es tan largo que pensé que nunca llegaría —anunció ella con nerviosismo, casi sin aliento tras subir las interminables escaleras hasta el ático.

La amable asistenta le había señalado la puerta del estudio y Karen, tras agradecérselo, le había indicado que podía marcharse. Era un misterio que esa mujer no estuviera más delgada que un palo si tenía que subir y bajar esas escaleras unas cuantas veces al día. A pesar de saber por el propio Gray que era poseedor de una gran fortuna, le maravilló la belleza y el tamaño de la casa. Desde luego no era el típico artista muerto de hambre.

Karen enarcó las cejas mientras barría con la mirada el ático lleno de cuadros apoyados contra las paredes. Parecía ser bastante prolífico como pintor. ¿Sería su refugio frente al dolor?

—¿Entonces sirvió el mapa que te dibujé?

Su atractivo anfitrión se acercó, sujetándola por los codos para atraerla hacia sí.

—De maravilla —contestó Karen.

—¿No tuviste ningún problema para comprenderlo?

–Supongo que te refieres al viejo tópico según el cual las mujeres son incapaces de leer mapas. ¡Pues a mí me resulta de lo más sencillo!

–¿En serio? –las pobladas cejas de Gray se alzaron en una expresión burlona.

–Bueno –Karen sonrió–. No siempre. Pero tú eres un dibujante experto, y estaba todo claro.

–Si sigues adulándome así, ocuparás el primer puesto en mi lista de Navidad. Puede que incluso consigas un premio.

A Karen le encantaba que bromeara. En las escasas oportunidades en que desaparecía el sombrío velo que solía empañar su rostro, Gray se transformaba en otro hombre. En esos momentos, posar para él ya no resultaba tan intimidante como al principio.

–¿Podría elegir como premio ver algunos de tus cuadros? –preguntó ella en tono alegre.

–¿Para qué? –de repente fue como si una nube cubriera el sol, apagando la luz, y Gray la miró con desconfianza, casi enfadado–. ¿Para que puedas decidir si soy bueno o no?

–¿No crees que es normal que me interese tu trabajo? Por favor, no me malinterpretes.

–Lo siento... –la luz regresó–. Los viejos hábitos son difíciles de olvidar. ¿Quieres echar esa ojeada ahora o después de que haya empezado con tu retrato?

–Después estará bien... gracias.

–Entonces será mejor empezar. Dame tu abrigo.

Karen le entregó el abrigo y, absorta en las largas y musculosas piernas, le observó colgarlo tras la puerta del estudio, que aprovechó para cerrar.

–¡Qué frío! –ella suspiró, consciente por primera vez de la nube de vapor que surgía de sus labios–. ¿Tú no tienes frío? –preguntó mientras cruzaba los brazos sobre el pecho.

–Cuando me pierdo en mi trabajo no siento nada.

Gray se acercó a ella y la envolvió en un cálido abrazo. Todo frío desapareció, reemplazado por un vibrante calor que le hizo sentirse como la mantequilla derretida.

–¿Mejor? –bromeó él mientras le sonreía.

–Mucho mejor... ¿Podemos quedarnos así el resto del día? –por muchas noches que pasara junto a Gray, nunca parecía tener bastante.

Las oscuras pupilas rodeadas de plateadas sombras se volvieron más oscuras aún y las manos de artista se deslizaron hasta las caderas de Karen para atraerla más hacia sí.

–Quizás me equivoqué al tomarte por tímida –susurró Gray–. Al parecer estoy desvelando un aspecto de ti que me hace pensar que estoy ante una pequeña seductora.

–Si lo soy –contestó Karen con dulzura– es porque no paras de colocar irresistibles tentaciones en mi camino.

–¿De manera que soy irresistible?

Los labios de Gray rozaron los de Karen con un beso tan sensual que le obligó a cerrar los ojos. Pero en ese mismo instante, alguien llamó a la puerta del estudio con firmeza y ambos se apartaron de un salto. Sofocada y sonrojada, Bridie apareció resplandeciente.

–Perdone la molestia, señor O'Connell, pero me preguntaba si la señorita querría un té.

–Un momento perfecto para aparecer, Bridie –sonrió Gray tras mirar divertido a Karen que se sonrojó violentamente–, por no hablar de una excelente idea. ¿Te apetece una taza de té, Karen? –preguntó con educación aunque era evidente que luchaba por evitar reírse.

–Me encantaría una taza de té, señora Hanrahan... muchas gracias.

–Llámeme Bridie, todo el mundo lo hace. ¿Y usted, señor O'Connell? ¿Café?

–Un café estaría genial, Bridie –asintió él antes de fruncir el ceño y contemplar el atril–, pero ahora mismo no. ¿Podrías subírnoslo, digamos, dentro de una hora?

–Por supuesto, señor O'Connell. No hay problema.

La puerta se cerró y Karen se encontró nuevamente a solas con Gray.

–Basta de distracciones –anunció él con firmeza antes de indicarle que se sentara en el sillón victoriano de respaldo alto que había junto a la ventana–. Encenderé el radiador.

–Levanta un poco la barbilla –le rogó mientras hacía un rápido esbozo de la joven.

En cuanto Karen se hubo sentado en el sillón victoriano, Gray había percibido el aire regio que exudaba. Quizás se debía a su exquisita osamenta, o a la piel inmaculada, o a ambas cosas, pero desde luego tenía un aire de «mírame y no me toques», que haría que cualquier hombre que contemplara el retrato sintiera deseos de atravesar esa reserva natural inglesa y hacerle sonreír. Sin querer, sus labios se curvaron en una sonrisa.

–¿De qué te ríes?

–Eso es cosa mía.

–¿Ahora vas a empezar con secretitos?

–Junta las manos sobre el regazo... imagínate que eres una aristócrata visitando a un pobre, aunque brillante, artista en su solitaria buhardilla.

–¿Qué? –rio Karen.

Gray sintió un calor casi volcánico. ¿Tenía esa mujer la menor idea de lo sexy que era?

–¡Vaya mentira! Yo no soy nada aristócrata, ni tú un pobretón, por lo que veo –alzó las manos–. Mi mayor felicidad consiste en preparar bollería, cantar y tocar la guitarra.

—Es cierto que no soy pobre, pero tú, querida, no serás aristócrata, pero tienes algo...

—No eres imparcial.

—No lo niego. ¡Siéntate bien! Estás tirada como un saco. Y si insistes en sonreír, intenta algo más parecido a la *Mona Lisa*, no a una sonrisa de colegiala.

—¿Siempre te pones así cuando pintas un retrato? —los ojos de Karen brillaban traviesos.

—Un hombre debe ponerse en su sitio con un carácter tan difícil como el tuyo —Gray hizo un mohín mientras remarcaba con el lápiz la línea de la mandíbula de Karen.

—Yo no soy difícil —ella fingió una mirada asesina.

Gray comprendió que había llegado el momento de ponerse más serio. Tras estudiar el boceto unos minutos, acercó la mesita con la paleta al atril y empezó a trabajar con el pincel. Desvió la mirada una vez más hacia el rostro de Karen y lo encontró pensativo.

—No tienes por qué dejar de hablar —observó él con ternura—. Es más, para crear un buen cuadro es importante que haya una buena conexión entre el modelo y el artista. Háblame de cuando te diste cuenta de que sabías cantar.

—¿De verdad quieres saberlo?

—Por supuesto —Gray asintió. No comprendía que ella hubiera pensado lo contrario.

—Bueno, pues... en mi casa siempre había música. Mi padre siempre tenía algún disco puesto. Lo que más le gustaba eran las vocalistas femeninas —la mirada de Karen se perdió durante unos instantes—. Yo solía cantar con esos discos y papá me decía que tenía una voz bonita y supongo que así descubrí que podía cantar... y que me apasionaba hacerlo.

—¿Tu padre aún vive?

—No. Murió cuando yo tenía catorce años —ella se echó los cabellos hacia atrás.

–Quédate quieta, por favor. Deja el pelo como estaba. Eso es.

Gray dejó de pintar para observarla durante unos segundos. Tenía la expresión resuelta, decidió, no triste. Pero también percibió el gran amor que había sentido por su padre al que aún echaba de menos. ¿A quién podría gustarle regresar a los catorce años para navegar por el mar turbulento de la adolescencia? Sobre todo si incluía perder a un padre. A pesar de haberse criado con el suyo, no le había resultado más fácil perderlo siendo adulto... sobre todo porque su madre también había desaparecido. El estómago se le encogió de dolor y se animó a preguntarle a Karen por su madre.

–Ella sigue viva –contestó Karen con una ligera expresión de dolor–. Se empeña en fingir que todo es maravilloso, pase lo que pase. Habría podido ser una actriz de primera.

Gray soltó un prolongado suspiro y pintó las doradas pestañas sobre el hermoso rostro que tomaba forma sobre el lienzo.

–¿No te sirvió de apoyo cuando murió tu marido?

–Servir de apoyo no es su fuerte. A ella le gusta ser la abeja reina, el pivote sobre el que gira el resto del mundo. Está firmemente convencida de que, ante una catástrofe, las familias deben cerrar filas y poner buena cara. Jamás hay que insinuar, mediante palabra o acto, sentirse desolado o necesitar ayuda. Eso sería quedar realmente mal.

–¿Eres hija única?

–Sí –los ojos azules se ensombrecieron durante un instante–. Me habría encantado tener un hermano o una hermana, pero mi madre me explicó que tenerme le había resultado demasiado agotador como para plantearse tener más hijos.

–Entonces, ¿no estáis unidas?

–En absoluto. Por supuesto que la quiero, y creo que ella a mí también, pero...

Karen guardó silencio durante lo que pareció una eternidad. Gray estaba centrado en pintar sus cabellos, intentando capturar los destellos de luz dorada que entraban por la ventana. ¿De dónde había surgido el impulso masoquista de preguntarle por su marido? No lo sabía, pero no se le escapó la expresión de sorpresa y espanto en los ojos de Karen.

–Háblame de Ryan.

–¿Qué quieres saber? –preguntó ella con cautela.

–¿Dónde os conocisteis?

El pincel surcaba el lienzo, llenándolo de colores y texturas como movido por alguna fuerza. Las finas manos de Karen se separaron antes de volverse a juntar sobre el regazo.

–En casa de una amiga. Ryan era amigo del marido de mi amiga. Alguien sugirió que cantáramos algo por turnos. Yo no llevaba mi guitarra y cuando me tocó a mí, canté una sencilla canción popular sin acompañamiento musical. Luego, mientras tomábamos café, Ryan se me acercó para felicitarme por mi voz. Y antes de que terminara la velada me había pedido una cita.

–¿A qué se dedicaba?

–Era promotor musical.

–Y ahí fue donde tu carrera musical despegó...

–No de inmediato. Yo llevaba un tiempo escribiendo mis propias canciones y, junto con mi voz, él pensó que habría posibilidades.

Karen examinó a Gray con curiosidad, como si intentara decidir qué pretendía.

–¿Por qué quieres saberlo? –preguntó ella al fin–. Tenía la clara impresión de que no querías, bajo ningún concepto, hablar de Ryan.

–No mucho, pero sí me interesas tú. El hecho de que

estuvieras casada con otra persona antes de conocerme a mí, y que esa persona muriera, no puede ser ignorado sin más. Quiero saber por qué eres como eres, Karen, qué te ha convertido en la mujer que eres. Si no puedo hacerte preguntas sobre tu pasado, ¿cómo voy a descubrirlo?

—Yo podría darle la vuelta y preguntarte lo mismo.

Gray se sintió claramente incómodo. Se había metido en un callejón sin salida.

—Ya sabes quién soy —murmuró irritado.

—¿Cómo voy a saberlo? Aparte de aquella noche lluviosa en la que apareciste por primera vez en la cabaña, apenas has hablado de ti mismo.

—Bueno, ya deberías haberte dado cuenta de que no soy la clase de hombre al que le gusta desnudar su alma ante cualquiera.

—¿Y yo soy «cualquiera»? —los ojos de Karen se humedecieron levemente, provocando el pánico en Gray que dejó caer el pincel con un suspiro.

—Ya sabes que significas mucho más que eso para mí.

—Yo no sé nada. Dímelo tú... ¿qué significo para ti, Gray? ¿Soy solo alguien a quien acudes ocasionalmente para ahuyentar tus demonios?

—Creía haber entendido que solo pretendías que mantuviera alejado el frío durante un tiempo —Gray dio un respingo—. ¿Me estás diciendo ahora que quieres algo más?

—No lo sé —Karen tragó con dificultad—. A decir verdad, estoy confusa y un poco asustada.

Le acababa de dar la oportunidad de abrirse a ella y compartir sus dudas, temores y, quizás, esperanzas, pero Gray no la aprovechó.

—Entonces quizás lo mejor sea dejar el tema y centrarnos en lo que estábamos haciendo.

–Muy bien... por mí, bien.

La preciosa modelo respiró hondo y le dedicó una sonrisa forzada. Era evidente que no le parecía bien dejar el tema y Gray se censuró una vez más por su falta de coraje y sensibilidad. Karen era demasiado buena para él. ¿Por qué no podía dar gracias por tenerla en su vida y dejar de enfangarlo todo con fantasías sobre un futuro que nunca podría ser?

En medio de un profundo silencio, regresó a la pintura. Al poco rato, Bridie apareció con el refrigerio. Gray le propuso a Karen acercarse al inmenso ventanal para contemplar las impresionantes vistas y se descubrió a sí mismo deseando solucionar las cosas entre ellos.

–¿Hay algo más que necesites en la cabaña?

–Tengo todo lo necesario. Pero gracias por preguntar.

–¿Estás segura?

–Sí.

–Puedes pedirme lo que quieras. Demonios, derribaría ese lugar y te construiría una casa nueva si tú me lo pidieras –los dedos se cerraron temblorosos alrededor de la taza de café.

–¿Y por qué ibas a hacer algo así, Gray? –ella lo miró aturdida–. Me refiero a derribar la cabaña de tu padre.

–Hasta que llegaste –Gray sintió cierta desesperación–, esa casa despertaba demasiados recuerdos infelices. Ni siquiera sé por qué me decidí a alquilarla. No sufriría viéndola derrumbarse.

–Entiendo que te sientas así, pero personalmente me alegro mucho de que decidieras alquilarla. Me gusta mucho este lugar. Y en cuanto a construir una nueva casa... ni siquiera sé cuánto tiempo voy a quedarme aquí. La cabaña está bien tal y como está.

–Quiero... necesito darte algo, ¿es que no lo entiendes? –Gray le arrancó a Karen la taza de las manos y la dejó junto a la suya en el alféizar de la ventana. Con el corazón desbocado le tomó las manos y la miró fijamente a los ojos–. Y ni te atrevas a pensar en marcharte.

–Sí que hay algo que puedes darme –Karen soltó una mano y le acarició la rugosa mejilla–. Puedes prometerme intentar pensar mejor de ti mismo y permitirte un poco de felicidad en la vida de vez en cuando. ¿Podrás hacerlo, Gray?

Sus miradas se fundieron y Gray quiso mantenerla abrazada. Pero, fiel a su naturaleza, la fuerte sensación lo asustó. Él no era de los que necesitaba a alguien para ser feliz...

–Lo intentaré –contestó al fin con una tímida sonrisa que no parecía encajar en su rostro.

–Bien –la sonrisa de Karen fue mucho más natural–. ¿Y ahora quieres enseñarme algunos de tus cuadros?

–Claro... ¿por qué no?

Karen se agachó para admirar un espectacular paisaje de verdes colinas frente a un tormentoso mar con la puesta del sol. No sabía bien qué esperar de los cuadros de Gray, pero desde luego no algo tan bueno o impresionante.

–Esto es increíble. Tiene tanto realismo que casi se puede respirar el viento y oír el rugido de las olas –comentó–. Y esa explosiva puesta de sol... resulta conmovedora, Gray –casi lo sentía moverse torpemente a su espalda, como si el cumplido le pusiera nervioso. Y seguramente también estaría negando la veracidad del comentario.

–Lo pinté hará un año –murmuró él–. Chase y yo nos encontramos con esta escena una tarde durante uno de nuestros largos paseos. Por suerte, llevaba conmigo mi cuaderno.

–Es evidente que te gusta pintar paisajes –murmuró

Karen poniéndose en pie y repasando cuidadosamente los cuadros apilados contra la pared.

—Es verdad.

—Entonces, ¿nunca pintas retratos? —ella se detuvo y concentró toda su atención en Gray.

—Casi nunca.

—¿Por algún motivo en particular?

—No me gusta que venga nadie a mi casa —Gray se encogió de hombros y desvió la mirada.

—Entonces es un honor que me lo hayas pedido a mí.

—¿Intentas sacarme un cumplido?

—¿Necesito sacártelo? —bromeó ella.

—No.

Los ojos grises, poseedores de la hechizante cualidad del mar, la miraron con tal intensidad y calor que, por un momento, Karen se sintió como si se estuviera derritiendo.

—No, no te hace falta.

—¿Por qué no enmarcas tus cuadros y los cuelgas por toda la casa? —balbuceó Karen con el corazón galopando alocadamente—. Aquí no hacen otra cosa que acumular polvo. A la gente le encantaría verlos.

—¿Te refieres a la misma gente que no viene a esta casa?

—Aun así, deberías exponerlos por respeto a ti mismo. A mí, desde luego, me encantaría verlos y estoy segura de que a Bridie también. Puedo ayudarte si quieres.

—Me lo pensaré.

Karen sabía que no lo iba a hacer, pero estaba decidida a cumplir su misión: conseguir que ese hombre lleno de talento, pero también herido, despertara a su propio potencial, que dejara atrás su traumático pasado para disfrutar de su única pasión, aquello que le podía abrir las puertas a un futuro más enriquecedor... aunque ese futuro no la incluyera a ella.

–Será mejor que termines el té. Quiero volver al trabajo. En un par de horas no habrá bastante luz y me gustaría avanzar todo lo que pueda.

Gray se dirigió hacia el atril sin siquiera comprobar si Karen lo seguía. Parecía querer buscar refugio de nuevo tras su muro protector.

Cruzando los brazos sobre el pecho, ella suspiró, llamando plenamente su atención.

–¿Qué te pasa?

–¿No crees que deberíamos salir a tomar un poco el aire? Pasear a Chase, por ejemplo.

–Lo haremos después de haber terminado por hoy. ¿Ya te has aburrido de posar para mí?

–No. Supongo que me siento un poco inquieta.

–Inquieta y hermosa... un buen título para el retrato.

–Si tú lo dices –ella le dirigió una mueca burlona.

–Lo digo. Y ahora, coloca tu bonito trasero sobre el sillón antes de que busque una correa para atarte con ella.

La mera idea hizo que Karen se sintiera sofocada, sin saber qué contestar.

Capítulo 9

MI CHEF, Jorge, preparó el café. Se formó en Italia y, no exagero, ¡está para morirse! –Liz Regan miró a Karen con expresión resplandeciente.

Estaban sentadas a una mesa del café charlando amigablemente.

–Tienes razón... es divino. ¿Dónde has eºncontrado a ese Jorge?

–Lo conocí el año pasado en Mallorca –los ojos verdes de Liz resplandecieron aún más–. Es español. Tenía pensado irse a Gran Bretaña, pero yo le convencí de que viniera a Irlanda.

–¿Y...? –Karen sonrió, presintiendo que había algo más.

–Los inviernos pueden ser muy tristes y una mujer necesita a un hombre dispuesto a mantenerla caliente por las noches. Llámalo estrategia, o desvergonzado interés personal.

A Karen no se le escapó que Liz había hablado de «mantener alejado el frío», igual que Gray. Su mente regresó a la noche anterior y al calor generado en la cama después de que la hubiera acompañado a la cabaña. Una vez más, Gray se había marchado de madrugada.

–¿Y tú qué, Karen? –la pelirroja se inclinó sobre la mesa–. Todo el mundo se sorprendió mucho al ver aparecer a nuestro ermitaño particular el día que debutaste como cantante. ¿Vas a contármelo?

Era inevitable que, tarde o temprano, alguien la interrogara sobre Gray. Pero no significaba que estuviera preparada, o que quisiera, hablarlo con nadie... ni siquiera con Liz.

—Prefiero no hacerlo —ella se encogió de hombros centrando la mirada en la taza de café.

—Comprendo que no quieras decir nada, por respeto a Gray —Liz hizo una mueca—, y estoy segura de que piensas que somos una panda de cotillas, pero la gente sigue sintiendo una gran simpatía hacia él y siempre velamos por los nuestros. Su padre, Paddy, era muy querido y todo el mundo se entristeció con su muerte. Y Gray no solo tuvo que enfrentarse a la muerte de su padre, su novia, Maura, lo abandonó por su mejor amigo y huyó con él a Canadá. Todos fuimos testigos de su transformación.

Karen escuchaba todo con el estómago encogido, intentando asimilar la sorprendente revelación sobre la novia que había huido con su mejor amigo. ¿Por eso se mostraba tan receloso con respecto al compromiso en una relación y sobre hablar de temas personales? ¿Quién podría culparlo por ello cuando todas las evidencias apuntaban al hecho de que todos sus seres queridos lo habían abandonado? Dadas las circunstancias, era normal que se mantuviera aislado y no permitiera que nadie se acercara a él. Si le hubiera contado lo sucedido con esa Maura... a pesar del tormento que habría supuesto saberlo con otra mujer e imaginárselo sufriendo por haberla perdido.

—Solo somos... buenos amigos —explicó ella sin demasiada convicción.

—¿Buenos amigos, eh? —la mirada de la otra mujer dejaba claras sus dudas.

—Para ser sincera —Karen movió inquieta la cabeza de un lado a otro—, estoy loca por él. Estoy loca por él a pesar de vivir con el temor de que cada vez que nos veamos me vaya a decir adiós —parpadeó con fuerza para contener las lágrimas—. La cuestión es que no esperaba enamorarme de nadie después de perder a Ryan... mi marido.

—¿Qué tal fue tu matrimonio? —preguntó Liz con delicadeza—. ¿Te enamoraste de Ryan tan profundamente como te has enamorado de Gray?

—No —contestó ella al fin, sintiéndose culpable—. Era mi mejor amigo, la persona a la que podía acudir cuando estaba triste, la persona que siempre estaba allí.

—¿Pero en la cama no saltaban precisamente chispas? —Liz sonrió.

—¿Cómo lo has adivinado? —los azules ojos se abrieron desorbitados.

—No es nada raro... una chica que cree que debería casarse con su mejor amigo y luego descubre que ha cometido un error.

—¡Ryan nunca fue un error!

—Estoy segura de que no lo fue, Karen, pero el hecho de que te hayas enamorado perdidamente de Gray, sugiere que no lo estabas tanto de Ryan. No me mires así... él era tu mejor amigo y lo amabas, pero no de la misma manera en que amas a Gray O'Connell. La pasión nunca es limpia y ordenada. Casi nunca pulsa las teclas adecuadas ni se comporta del modo en que la gente cree que debería. Todo tu mundo acaba patas arriba y jamás volverás a ser la misma.

—¿Cómo sabes todo eso? ¿Te sucedió a ti?

—Sí... cuando trabajaba en Londres para una cadena hotelera. Él era un director ejecutivo llegado desde Australia. Acudió al hotel para una reunión. Le serví una taza de café, nuestras miradas se fundieron y... ¡Zas! Como si me hubiera alcanzado un ciclón.

—¿Y no funcionó?

–No –la pelirroja hizo una mueca–. No funcionó. Pero estábamos hablando de ti, no de mí.

–Supongo que pensarás que soy una tonta enamorándome de alguien tan emocionalmente inalcanzable y herido como Gray.

–No eres ninguna tonta, cariño –Liz apretó la mano de Karen–. Al contrario. Me parece que, no tuviste muchas posibilidades frente a la fascinación que ejerce Gray O'Connell. ¿Acaso no lo tiene todo? Alto, misterioso, atractivo y con un pasado trágico. Las mujeres parecemos conectar con esa clase de hombre, ¿verdad? Pero, pasión aparte, no te diré que no me preocupa cómo lo llevarás si acabáis rompiendo.

–Lo superaré... no me quedará más remedio. No sería la primera vez que me enfrento al repentino final de una relación. Es el riesgo a correr cuando te enamoras...

–Cierto, pero entregarle el corazón a un hombre que no puede, o no quiere, darte su amor a cambio por culpa de la muralla que ha construido a su alrededor... no es un camino fácil a seguir. Ten cuidado, Karen. Ve paso a paso y guárdate siempre algo por si no funciona.

Karen no contestó. Sentía una paralizante oleada de pánico al comprender que no había nada que guardarse porque ya se lo había entregado todo a Gray.

–Mientras tanto –sonrió la otra mujer–. Quiero que sepas que soy tu amiga, además de tu jefa ocasional, y no le contaré nada de esto a nadie. Ni siquiera a mi hermano, Sean, que, por cierto, siente algo por ti.

–¿De verdad? –desolada, Karen se frotó el entrecejo.

–Sí, y más aún después de oírte cantar. Asegura que tienes una voz angelical, y yo me inclino por darle la razón. Ya verás como no tardará en aparecer algún productor musical con una propuesta para grabar un disco. Puede que estemos en el último confín, pero las noticias viajan rápido. Aparte de eso, Sean ya ha comprendido lo que hay entre Gray y tú y no causará ninguna molestia.

Al pensar en la tarde que había pasado con Gray el día anterior, posando y contemplando sus maravillosos paisajes, Karen comprendió lo mucho que había esperado recibir una señal que le indicara que su relación significaba algo para él. La apasionada admisión de que deseaba hacer algo por ella... que necesitaba hacer algo por ella, le había conmovido. Pero también sabía que no significaba que quisiera acercarse a un compromiso, y eso le provocaba una sensación desoladora.

–Necesitas salir una noche –su aguda jefa lo comprendió enseguida–. Necesitas divertirte y olvidarte de Gray O'Connell durante un rato. Mañana es el cumpleaños de Sean y voy a darle una fiesta aquí. Iba a pedirte que cantaras un poco, aparte de compartir bailes y risas con unos cuantos amigos. ¿Qué dices?

Una fiesta... ¿desde cuándo se había convertido en un concepto tan ajeno a ella? ¿Cuándo habían empezado a resultarle temibles en lugar de una oportunidad para divertirse?

–¡Eh! –con los ojos color esmeralda brillando traviesos, Liz le dio una palmada en el brazo–. No te atrevas a decirme que te has olvidado de cómo divertirte. Si es así, tendré que refrescarte la memoria. Y te lo advierto... yo no tomo prisioneros.

Gray irrumpió en el salón de la cabaña con un gesto preocupado que no presagiaba nada bueno. Karen cerró la puerta y le dedicó, deliberadamente, una de sus mejores sonrisas.

–Hola. Ya veo que has vuelto a traer la lluvia. Debe ser una costumbre tuya...

–Sí, lo es –Gray extendió la manos frente a la chimenea para calentarse–. Desde luego. El mal tiempo parece seguirme a todas partes.

–¿Qué sucede?

–Nada –él sonrió forzadamente–. ¿Podrías hacerme un café?

–Claro... he preparando un bizcocho. ¿Te apetece un trozo?

–Solo café, gracias.

Gray se acercó de nuevo a la puerta y colgó la cazadora del perchero. A punto de huir hacia la cocina, Karen sintió que le fallaba un latido cuando la agarró y la abrazó, con ternura, pero también con firmeza. Tenía las manos gélidas, al igual que el jersey y los vaqueros, y el hermoso rostro estaba salpicado de gotas heladas de lluvia.

–Sea cual sea el tiempo fuera, tú siempre me recuerdas al sol.

Su voz tenía el suave matiz del whisky irlandés y el chisporroteo del fuego. La mezcla, inquietantemente excitante, hizo que Karen se sintiera desfallecer. Los labios que la besaron estaban fríos, pero casi de inmediato, el calor y el deseo se abrieron paso mientras la sedosa lengua de Gray trazaba los suaves contornos de su dulce boca.

Karen sintió flaquear las rodillas. Pero, aunque se moría por perderse en la magia de los besos y las caricias de Gray, sabía que estaba alterado por algo y necesitaba conocer el motivo. Apartándose poco a poco, le tomó la rugosa barbilla entre las manos y fijó la mirada preocupada en los profundos ojos grises.

–Te pasa algo. ¿No quieres contármelo?

A veces a Gray le resultaba muy difícil pensar con claridad cuando su mirada se fundía con la de Karen. Era tan fácil perderse en el inmaculado mar azul... Pero su corazón estaba encogido por otro motivo. Dejando caer las manos a los costados, se apartó de ella.

–Hoy es el aniversario de la muerte de mi padre –le explicó–. He visitado su tumba.

–Podría haberte acompañado si me lo hubieras pedido, Gray.

–No habría servido de nada. Por mucho que lo intente, no consigo olvidar lo que le sucedió... cómo murió allí solo en la playa. Repaso una y otra vez la escena en mi mente, intentando aceptarlo, pero no puedo. Y el tiempo solo hace que me resulte más difícil vivir con ello. ¿Será porque el viejo diablo nunca me perdonó por marcharme, por no ayudarlo a conservar la granja?

–Eso no es más que una fantasía, Gray. Tú no sabes si fue así. Nadie sabe lo que había dentro de la cabeza de tu padre cuando murió. Además, tú habías regresado, ¿no? y regresaste porque querías solucionar las cosas... él tenía que saberlo.

Gray recordó que Paddy se había alegrado de verlo. Pero solo le había llevado unos minutos ver reflejados en él la decepción y la derrota. ¿Cómo hacer las paces con eso?

–Le ofrecí poner en marcha una nueva granja –le explicó a Karen–. Le ofrecí contratar la ayuda necesaria, pero me contestó que ya era demasiado tarde para eso. Dijo que era demasiado viejo y estaba demasiado cansado, y que ya no tenía ánimo para seguir.

–Aun así, no me puedo creer que tu padre hubiera deseado verte destrozado, como sigues estando, por su muerte. Hiciste todo lo que pudiste por él, Gray. Puede que él quisiera que te quedaras y lo ayudaras a llevar la granja, pero eso no significa que tuviera que ser lo mejor para ti. Al final de su vida, tu padre tomó sus propias decisiones, igual que tú. Todos lo hacemos. No es ningún crimen.

Karen se colocó frente a él y lo miró con ternura y preocupación.

–Y estoy convencida de que, pasara lo que pasara entre vosotros, querría que lo olvidaras y que dejaras el pasado atrás –insistió Karen–. Dejarlo atrás para poder vivir plenamente el presente. Tienes todos lo medios para lograrlo. Tienes los recursos y tienes tu talento para la pintura. ¿Por qué no centrarte en todas esas cosas que tienes a tu favor, empezar de nuevo y disfrutar de la vida otra vez?

Deseaba con toda el alma que lo que ella había dicho fuera posible. Una parte de él estaba furioso consigo mismo por compadecerse, por no dar gracias por todo lo bueno y procurar sacarle el mayor partido a la vida. Pero el fantasma del pasado se negaba a dejarlo libre. Trepaba por su columna cada vez que se encontraba solo en la gran casa, burlándose de él y haciéndole detestar al hombre en el que se había convertido. La única luz en el horizonte era el precioso ángel de ojos azules que tenía delante. Pero, ¿qué derecho tenía a implicarla en sus preocupaciones? ¿No había sufrido ella bastante ya?

De nuevo surgió de su interior la imperiosa necesidad de hacer algo maravilloso por ella.

–Vayámonos juntos unos cuantos días –Gray le tomó las manos y tiró de ellas.

–¿Cómo? –preguntó ella con expresión estupefacta.

–Vayámonos a París. Allí tengo un apartamento, en la Rue Saint-Honoré. Hace tiempo que no voy, pero pago a una agencia para que lo cuide. Solo tengo que hacer una llamada.

–¿Tienes casa en París?

–Sí. Nos iremos mañana. ¿Qué me dices?

–¿Mañana? –repitió ella.

Para desasosiego de Gray, Karen soltó las manos y

cruzó los brazos sobre el pecho. Llevaba un suave jersey de color ciruela que se ceñía perfectamente a su cuerpo, abrazando los pechos y las caderas tal y como le gustaría hacerlo a él. Sin embargo, la mirada era desgarradora.

—No puedo ir mañana.

—¿Por qué?

—Me han invitado a una fiesta y ya he aceptado.

—¿Quién te ha invitado?

—Liz Regan. Va a dar una fiesta en el café mañana por la noche.

—De manera que prefieres ir a su fiesta antes que venirte a París conmigo —observó Gray en tono acusador e irracional, incapaz de ocultar su decepción.

—Yo no he dicho eso. Pero he hecho una promesa y me gustaría cumplirla. Liz me ha pedido que cante. En fin... te prepararé el café —ella se dirigió a la cocina.

—¿Y cuál es el motivo de la fiesta para que tengas tantas ganas de ir? —Gray la siguió.

De inmediato observó las pálidas mejillas volverse de color escarlata.

—Es para celebrar el cumpleaños de Sean —contestó ella parándose en seco ante él.

—¿Qué tiene Sean Regan para que te resulte tan irresistible?

—No me resulta irresistible. ¿Por qué tienes que saltar siempre a conclusiones tan ridículas?

—Es evidente que yo no he sido invitado como tu acompañante.

—¿Habrías ido? —Karen enarcó las cejas.

—Por supuesto que no. Pero me pone furioso que tú estés allí, cantando y entreteniendo a ese jovenzuelo, cuando podrías haberte venido conmigo a París.

—Estás siendo completamente irracional, y estoy segura de que lo sabes. ¿Por qué no podemos ir a París pasado mañana?

–Porque he decidido que quiero ir mañana –Gray se encogió de hombros, incapaz de contener su mal humor–. ¡No pienso cambiar de planes solo para consentir los caprichos de una mujer! –contestó rabioso–. Cuanto antes te des cuenta, mejor nos irá.

–¿Por eso te dejó tu antigua novia, Maura? –espetó Karen con los ojos brillantes–. ¿Te dejó porque eras tan egoísta e irracional que ya no pudo soportar seguir viviendo contigo?

La impresión de sus palabras fue como un jarro de agua helada sobre la espalda de Gray. No porque le hubiera importado que Maura se marchara, sino porque Karen le estaba diciendo que no le sorprendía que las mujeres lo abandonaran. ¿Quién le había hablado de Maura? Enseguida catalogó el detalle como irrelevante. Media ciudad conocía su triste historia. Sin embargo, le dolía que la mujer a la que más respetaba en el mundo tuviera tan pobre opinión de él. Le dolía más que mil puñaladas en el corazón.

–Olvida el maldito café –murmuró mientras descolgaba la cazadora y salía furioso por la puerta, adentrándose en la gélida y lluviosa noche.

Mientras se arreglaba para la fiesta, Karen repasaba una y otra vez la furiosa marcha de Gray la noche anterior. Al principio se había recriminado a sí misma las airadas palabras que le había dirigido sobre Maura, deseando correr tras él para decirle cuánto lo sentía. Para asegurarle que no lo había dicho en serio, pero que se había puesto furiosa al oírle decir que no pensaba consentir los caprichos de ninguna mujer.

Pero tras calmarse un poco, de repente se le había

ocurrido que quizás Gray debería reflexionar sobre ser egoísta y poco razonable. No le haría ningún daño mantenerse firme. Pero, ¿y si había ido demasiado lejos? ¿Y si él decidía acabar con la relación?

De repente, mientras se aplicaba el carmín de labios, sintió unas profundas náuseas y pestañeó con fuerza para contener las ardientes lágrimas que inundaron sus ojos. Deseó no ir a la fiesta, deseó haber declinado la invitación, o marcharse a París con Gray y explicarle a Liz a su vuelta por qué no había aparecido en la fiesta de cumpleaños de Sean. ¡Maldición! Iba a tener que maquillarse de nuevo. El día anterior había sido el aniversario de la muerte de Paddy, recordó con dolor. Y había permitido que se quedara solo con su dolor, con su sentimiento de culpa y con su odio hacia sí mismo...

El gemido que abandonó sus labios podría haber sido el de un animal herido. La idea de no volverlo a ver, o de que la ignorara si se cruzaba con él por la calle o en la playa le hacía sentirse físicamente enferma. La repentina muerte de Ryan le había roto el corazón, pero no era nada comparado con la agonía que sentía ante la idea de perder a Gray...

Había pasado la noche frente a la chimenea, cavilando y bebiendo whisky. Al final había sucumbido a un sueño pesado e inquieto en el sillón, despertando de madrugada con el cuerpo dolorido como si le hubiera pateado una mula. Tras subir las escaleras hasta el dormitorio, se había acostado en la cama recriminándose en voz alta por comportarse como un zoquete la noche anterior. Tenía la sensación de haber fastidiado la única posibilidad de recuperar algo de paz y felicidad en su vida.

Se levantó y abrió la ventana de par en par para aspirar el gélido aire de la mañana. Al menos había conseguido dejar de pensar en su atormentada introspección y había empezado a pensar en su pintura. La repentina, e inesperada urgencia de intentar reconstruir su vida y empezar de nuevo, lo había sorprendido y lo había llenado de renovadas energías, tanto que se había vestido a toda prisa y dirigido al estudio...

–Muchas gracias –Gray estrechó las rugosas manos del enmarcador de cuadros a punto de abandonar su casa–. Ha hecho un gran trabajo.

–Ha sido un placer hacer negocios con usted, señor O'Connell. Si tiene algún cuadro más que quisiera enmarcar, no dude en llamarme –el hombre se rascó la cabeza pensativamente–. Ese pintor tiene mucho talento. ¿Por casualidad no lo conocerá?

–¿Por qué? ¿Le gustaría comprarle algún cuadro?

–¡Claro! Ojalá pudiera permitírmelo, señor O'Connell, pero me temo que el sueldo de un enmarcador no da para adquirir grandes obras de arte.

«¡Menuda gran obra de arte!», pensó Gray mientras reprimía una carcajada. Después reflexionó sobre la mañana que había dedicado a seleccionar los cuadros que deseaba enmarcar. De cuando en cuando había sentido la necesidad de volver a arrinconarlos otra vez, pero entonces los ánimos de Karen lo espoleaban para seguir adelante. ¿Por qué había tardado tanto tiempo en aceptar que tenía razón en eso? En realidad, Karen había tenido razón en muchas cosas. Tras marcharse de la cabaña, había pasado la peor noche de su vida. Y se lo tenía merecido. Cuando volviera a verla, se lo explicaría.

Había llamado a los enmarcadores locales de cuadros casi al mediodía, expresándoles su deseo de contratarlos de inmediato. Al explicarle que tenían otros pedidos que atender antes, les había ofrecido una suma tan golosa que no habían podido rechazarlo.

Con todo, la jornada había resultado fructífera y no podía creerse la hora que era cuando al fin miró el reloj. Casi era la hora de cenar y por el delicioso aroma que surgía de la cocina, al parecer Bridie había preparado uno de sus riquísimos estofados. Pasó ante los cuadros colgados en el largo pasillo que conducía a la cocina, observándolos con ojo crítico, pero también con cierta satisfacción.

¿Qué pensaría Karen de lo que había hecho? No se la había podido quitar de la cabeza en todo el día, y cada vez que recordaba el hermoso rostro, el estómago le daba un doloroso vuelco. Se moría de ganas de besarla y explicarle lo mucho que sentía haberse comportado como un idiota. Explicarle que lo sentía tanto que estaba dispuesto a suplicar su perdón. Tras cenar, bajaría a la ciudad para echar una discreta ojeada en el café de Liz, para esperar a que Karen abandonara la fiesta y, con suerte, convencerla para que regresara con él a su casa. Apenas se molestó en contemplar la posibilidad de que pudiera rechazar sus súplicas y mandarlo al infierno...

Capítulo 10

LA FIESTA seguía en pleno apogeo cuando Karen decidió que había tenido bastante. Había disfrutado cantando para Sean, Liz y sus amigos, pero en cuanto al baile y las conversaciones... le resultaba muy difícil compaginarlo con su dolor de corazón.

Abriéndose paso entre la gente, localizó a Liz junto a su novio y chef español, Jorge.

–¿Te marchas? –exclamó la pelirroja–. Aún es pronto, y mañana es domingo. Vamos, mi hermosa cantora, tómate otra copa y suéltate el pelo por una vez.

Era evidente que Liz estaba algo más que achispada y Karen se alegró de no haber tomado nada más que zumos de fruta sin sucumbir al alcohol, aparte del champán con el que había brindado por el cumpleaños de Sean. Además de tener que conducir de regreso a la cabaña, estaba decidida a mantener la mente despejada para poder reflexionar sobre su futuro. Cada vez tenía más dudas sobre la conveniencia de seguir en Irlanda.

Ya no estaba tan segura de que fuera lo mejor para ella porque si Gray daba por terminada la relación, ¿qué sentido tendría? No soportaría encontrarse con él sabiendo que no volverían a vivir la pasión que había entre ellos. O peor aún, verlo con otra.

–No me apetece otra bebida, gracias –Karen le dio un afectuoso beso a Liz en la mejilla–. Me lo he pasado muy bien, pero tengo que irme a casa. Te veré la semana que viene.

–¿Y qué pasa con Sean?

–Eso, ¿qué pasa con Sean? –repitió ella perpleja. La última vez que lo había visto, bailaba animadamente con una chica de pelo castaño que, por su expresión, estaba totalmente encandilada con él.

–Estoy un poco preocupada por él. Para alguien que está celebrando su cumpleaños, está demasiado mohíno –afirmó la pelirroja–. Hazme un favor antes de marcharte, ¿querrás hacerlo, Karen? Mira a ver si está fuera, y si lo está, felicítale de nuevo. Viniendo de ti, significará mucho para él. Gracias, y gracias también por tu música.

Karen agradeció el gélido aire que le golpeó el rostro al salir a la calle. Al fin podía respirar sin la incomodidad del húmedo calor del interior y los vapores del alcohol. Apoyó la guitarra contra el muro de ladrillo y se ajustó el fino abrigo que llevaba. Casi dio un salto cuando Sean salió de entre la oscuridad. Arrojó el cigarrillo hacia el callejón junto al edificio y, con un cálido brillo en sus ojos verdes, se aproximó a ella.

–Eso parece una sauna, ¿verdad? –sonrió–. Se está mucho mejor aquí. No te irás tan pronto, ¿no?

–Me temo que sí –contestó Karen–. Seguramente me encontrarás terriblemente aburrida, pero lo cierto es que estoy muy cansada.

No era mentira, pensó ella con tristeza. Las emociones, sobre todo las negativas, siempre le absorbían la energía. Y desde que Gray se había marchado la noche anterior, había experimentado emociones de sobra.

–Ni en un millón de años pensaría que eres aburrida, Karen –la expresión de Sean se tornó más seria–. Si quieres que te diga la verdad, me pareces increíble.

–Qué encanto –Karen se encogió de hombros avergonzada–, pero no estoy de acuerdo.

–El que vinieras a cantar para mí, lo ha convertido

en mi mejor cumpleaños. Si pudiera, te oiría cantar todas las noches –Sean avanzó y se paró a escasos centímetros de Karen.

Sintiéndose repentinamente incómoda, ella sonrió con nerviosismo.

–Bueno... pues feliz cumpleaños otra vez, Sean, y gracias por ayudarme con los amplificadores y todo eso. Seguiremos viéndonos, seguramente en el café de Liz.

Sean apoyó una mano en la cintura de Karen arrastrándola hacia él. El beso, claramente destinado para sus labios, aterrizó sobre la mejilla al dar ella un paso atrás.

–No te vayas –le suplicó con expresión contrita–. No pretendía ofenderte, pero esta noche estás tan hermosa que no he podido resistirme a robarte un beso. ¿No podemos entrar y tomarnos una copa y, quizás, bailar?

–No creo que sea una buena idea, Sean.

–¡Karen!

La familiar voz que surgió de entre las sombras desde el pequeño aparcamiento al otro lado de la calle hizo que a Karen le flaquearan las rodillas de alivio. Pero, al mismo tiempo, se sintió confusa. ¿Qué hacía Gray allí? Imposible que la estuviera esperando.

La imponente figura salió de la oscuridad y quedó iluminada por una farola. Iba vestido completamente de negro. Las gotas de lluvia resplandecían como gemas en la cazadora y en los cabellos, haciéndole parecer el sombrío héroe de alguna película. Karen se quedó helada, sin saber si arrojarse en sus brazos o dirigirse hacia su coche y marcharse a casa.

–¿Va todo bien? –en unas pocas zancadas estuvo frente a ella.

–Estoy bien –contestó ella con voz temblorosa–. ¿Qué haces aquí?

Gray no contestó, pero la miró como si estuviera hechizado hasta que desvió la mirada hacia Sean, como si de repente fuera consciente de que el joven los observaba.

—¿Bonita fiesta? —preguntó en tono burlón no exento de rabia.

El estómago de Karen se encogió. ¿Habría presenciado el intento de Sean de besarla? ¿Pensaría que ella le había dado pie?

—Ha estado bien —murmuró Sean hundiendo torpemente las manos en los bolsillos del vaquero—. Aún no ha terminado. ¿Te apetece pasar a tomar algo?

—No, gracias —con los labios apretados, Gray tomó la guitarra y agarró a Karen posesivamente de la mano—. La dama y yo nos vamos a casa... por cierto, ¿Sean?

—¿Qué?

—La próxima vez que quieras besar por sorpresa a una mujer que no está interesada en ello, asegúrate de que no se trate de Karen, ¿de acuerdo?

—¡Gray! —exclamó Karen escandalizada mientras intentaba en vano soltar su mano.

—Tenía que dejarlo claro —murmuró él con gesto serio mientras la conducía hacia el aparcamiento.

Se paró frente al todoterreno y abrió la puerta trasera para dejar la guitarra en el asiento.

—¿Qué estás haciendo? —preguntó ella furiosa.

—He venido a recogerte y llevarte a casa —le anunció Gray cerrando de un portazo.

—No necesito que me lleves a casa, he venido en mi coche. ¿Y a qué te referías cuando has dicho que tenías que dejarlo claro con Sean? Anoche te marchaste porque no te permití obligarme a hacer lo que tú querías hacer. Y ahora hablas de nosotros como si tuviéramos alguna clase de relación formal. ¿Me he perdido algo, Gray? —respirando entrecortadamente, Karen no podía controlar la oleada de emociones que la envolvía.

–En primer lugar –él hizo una mueca de dolor–, te debo una disculpa por perder los nervios anoche. En segundo lugar, quiero que sepas que no estaba enfadado contigo por lo que dijiste sobre Maura. Tenías derecho a atacarme, pero también quiero que sepas que cuando se marchó, lo único que sentí fue alivio. Fue una buena compañía durante una época difícil... cuando perdí a mi padre. Pero ambos sabíamos que ni queríamos, ni esperábamos tener un futuro juntos. Reaccioné mal porque parecías encontrar lógico que ella me hubiera abandonado... como si no dudaras de que me lo mereciera.

Gray se alisó los cabellos y se frotó el indomable ceño fruncido.

–No niego que debía ser un infierno vivir conmigo en aquella época, y lo único que siento por esa mujer ahora es compasión por el tiempo que tuvo que aguantarme. Vivía para alimentar mi pena y mi sentimiento de culpabilidad, y cualquiera que estuviera cerca de mí acababa siendo víctima de mi cólera. Ahora lo lamento.

–¿Entonces no la amabas? –Karen suspiró con una mezcla de alivio y de sorpresa.

–¡Por el amor de Dios, claro que no! Durante un tiempo fuimos... digamos, convenientes el uno para el otro.

Consciente de que se refería al plano sexual, Karen sintió una sacudida de celos.

–Entiendo...

–Soy un hombre con una libido saludable, no lo niego –puntualizó él con una risa gutural–. Y me molesta no satisfacer esas necesidades, incluso si el admitirlo hace que te sonrojes.

Agarrándola por la cintura, la atrajo hacia sí, contra su endurecida masculinidad. De inmediato, el frío de la noche se esfumó, como si el sol hubiera aparecido de repente en el cielo y la iluminara solo a ella.

—Yo también te debo una disculpa, Gray. No quise disgustarte con lo que dije.

—Ya te he dicho que tenías todo el derecho a desahogarte. Es encomiable que decidieras mantener tu promesa y yo no tenía derecho a decirte lo que debías hacer. ¿Estuvo bien la fiesta?

«Sin ti, cada instante fue como una eternidad», pensó Karen.

—Estuvo bien. Pero al final resultó que hubiera preferido quedarme en casa.

—¿O viajar a París conmigo? —sugirió Gray mientras sonreía con ternura.

—Quizás... —contestó ella ladeando la cabeza.

—Por cierto, ¿te estaba molestando Sean? —preguntó él sin ocultar sus celos.

—No. Sospecho que se había tomado una cerveza de más, pero es que era su cumpleaños.

—Y yo sospecho que tendré que acostumbrarme a que los hombres te miren y te deseen —Gray le besó las comisuras de los labios—. Pero pobre del que intente hacer algo más.

—Eso suena un poco posesivo.

—Porque en lo que a ti concierne, lo soy —los ojos grises centellearon.

—Pues no lo seas. No soy un objeto de tu propiedad como el retrato que estás pintando.

Karen se apartó de él, decepcionada y herida al sentir que no significaba para él más que la «conveniente», y desafortunada Maura. Por mucho que lo amara, no iba a conformarse con menos que el amor correspondido.

—Me voy a casa —rebuscó en el bolsillo del abrigo y encontró las llaves del coche—. ¿Me devuelves la guitarra? —pidió con el corazón acelerado.

—Espera —Gray le agarró la mano—. Por favor, escúchame. Me has malinterpretado, aunque supongo que es culpa mía. No quiero que creas que para mí no eres más que un objeto decorativo. Esto no está saliendo tal y como yo pretendía. Esperaba que me acompañaras a mi casa esta noche. Al menos así podré explicarte mejor lo que siento. ¿Qué me dices?

—No sé... —Karen sintió renacer en ella la ilusión, pero no podía permitirse el lujo de confiar en él, ya no. Se encogió de hombros, sintiendo nuevamente frío.

—Tengo una idea —Gray abrió la puerta delantera del coche e hizo una reverencia—. Súbete y nos vamos a la playa. Pasearemos bajo la luz de la luna. ¿Qué me dices?

¿Cómo rechazar a ese atractivo hombre de hechizantes ojos grises?

Aunque la cosa no funcionara entre ellos, siempre le quedaría el recuerdo de la noche que la invitó a pasear por la playa para contemplar el mar bajo la luz de la luna.

—De acuerdo —asintió ella al fin, estremeciéndose bajo el frío.

El trayecto hacia la playa desierta transcurrió en silencio y Gray sintió una extraña sensación de paz como no había sentido jamás. Un sentimiento que solo podía achacar al placer de la compañía de Karen y a la milagrosa sensación de que el mundo empezaba a cambiar para mejor. Por primera vez en mucho tiempo, la esperanza había encontrado una diminuta rendija por la que colarse en el muro que había construido para protegerse del dolor. Cerró el coche y rodeó a Karen por la cintura guiándola hacia la orilla del mar.

Al llegar a la orilla, Gray contempló maravillado la impresionante vista. Las olas del mar lamían la orilla iluminada por la luna, provocando un sonido parecido a un susurro... «el aliento de la vida». Un aliento que lo urgía a vivir de nuevo. Estar allí con esa encantadora mujer que le aceleraba el corazón cada vez que la veía, cada vez que pensaba en ella, le hizo sentirse intensamente vivo, casi liberado de una prisión.

–Si yo fuera pintora –murmuró Karen con dulzura–, esta sería la escena que querría pintar.

–Yo te enseñaré –Gray se volvió hacia ella con una sonrisa en los labios.

–¿A pintar?

Los ojos azules se quedaron fijos en el rostro de Gray, que se sintió casi desfallecer. La luna bañaba los exquisitos rasgos de Karen con sus suaves y etéreos rayos, dejándolo sin aliento. Era bellísima y Gray se moría de ganas de regresar al estudio para terminar el retrato. Después, lo colgaría en el sitio de honor de su casa... sobre la cama.

–¿Te gustaría aprender?

–Seguramente se me da fatal.

–¿Igual que se te da fatal cantar o tocar la guitarra? –bromeó él.

–Podría enseñarte a tocar la guitarra a cambio de tus clases de pintura. ¿Sabes cantar?

–Ni una nota. Alguien dijo en una ocasión que mi voz podría romper una doble ventana.

Los perfectos dientes blancos brillaron bajo la luz de la luna y la sonrisa hizo que Karen sintiera ganas de abrazarlo con fuerza y no soltarlo durante mucho tiempo.

–Estás helada –observó Gray repentinamente serio–. Ven aquí.

La abrazó fuertemente contra su pecho. Las manos de Karen se deslizaron automáticamente hacia la cintura de Gray y, apoyando el rostro contra el masculino corazón, cerró los ojos unos instantes, aspirando su esencia. No solo adoraba el extraordinario físico que poseía, reflexionó, sino también la pura energía y esencia masculina y sobre todo la innata bondad.

–Todavía los echo de menos.

Comprendiendo de inmediato a quién se refería, Karen contuvo el aliento. A sus espaldas el sonido de las olas rompiendo contra la orilla resultaba cautivador.

–En realidad no conocí a mi madre, pero llevo conmigo una sensación de su calor y dulzura que no me puedo quitar de encima. El recuerdo me asalta en ocasiones cuando menos me lo espero –Gray estrechó a Karen con más fuerza–. Mi padre nunca hablaba de por qué se suicidó, con lo cual supongo que jamás lo averiguaré. Estuve furioso con él durante mucho tiempo por ese motivo. Supongo que lo haría para protegerme y, al mismo tiempo, debía culparse a sí mismo. Le gustaba proyectar la imagen de persona dura, pero bajo la superficie era tierno y sentimental. Debió echarla locamente de menos cuando se fue.

Se hizo el silencio. Instantes después, Karen sintió un estremecimiento en el masculino cuerpo y levantó la vista, alarmada, descubriendo el brillo de las lágrimas en sus ojos.

–¡Oh, Gray...! –conmovida por su tristeza, ella le rodeó el cuello con los brazos y, poniéndose de puntillas, lo besó dulcemente, enjugando sus lágrimas con el pulgar–. No pasa nada, cariño. Ahora vuelven a estar juntos, y en paz. Estoy segura de ello.

–Esa es una idea muy reconfortante –la mirada plateada se fundió con la de Karen–. ¿Y qué me dices de Ryan? ¿También estará en paz, Karen?

–Me gustaría pensar que sí. Dios sabe que se lo merece.

–Quizás todos los seres queridos que hemos perdido nos empujan en silencio a que vivamos la mejor vida posible en su honor.

–Eso es muy hermoso, Gray –Karen le acarició el rostro y sonrió.

—A lo mejor es que sacas lo mejor de mí.

—A lo mejor, pero ahora que has revelado tu secreto, ya no podrás volver atrás.

—¿Qué secreto? —Gray se puso ligeramente tenso.

—Te comportas como un león, pero en el fondo eres tan tierno y sentimental como tu padre. Lo cierto es que eres un gatito.

—¿Un gatito? Es la acusación más indignante que me han dirigido jamás. ¡Retíralo ahora mismo o lo lamentarás, mujer!

Gray empezó a hacerle cosquillas y Karen apenas podía recuperar el aliento para reírse. Después la agarró por la cintura y le hizo girar en la arena hasta hacerle marearse.

—Gray, por favor... Para o estaré mareada el resto de mi vida —suplicó ella sin dejar de reír.

—Pararé si accedes a venir a casa conmigo ahora mismo.

—¡Sí! —casi sin aliento y con el corazón acelerado, Karen no lo dudó ni un instante—. Iré contigo, Gray —la expresión de deseo que veía en los ojos grises le encantaba.

Gray le dio un beso apasionado en los labios que despertó el deseo de Karen.

—Te echo una carrera hasta el coche —exclamó él mientras echaba a correr por la arena.

Consciente de no tener ninguna oportunidad y sin parar de reír, Karen corrió tras él.

Cuando Gray abrió la puerta de la casa, Karen dejó de reír. Enseguida le llamaron la atención los cuadros recién enmarcados colgados de las paredes, y se quedó muda de la emoción.

—Has colgado los cuadros... —volviéndose hacia el

hombre que se había sumido en un preocupante silencio, le apretó la mano–. Gray... ¡es maravilloso!

–Nunca lo habría hecho de no ser por ti –contestó él–. Fueron tus ánimos y tu fe en mí lo que lo consiguió. También me has hecho enfrentarme a mi comportamiento.

–Creo que me sobrevaloras. Antes o después habrías despertado a tu verdadera naturaleza, y también a tu talento, Gray.

–¿Eso crees?

–Sí, pero creo que a veces debemos tocar fondo para reorganizar nuestras vidas. Y aunque solo fuera para ser el maravilloso hombre que eres, con eso bastaría.

–¿Maravilloso, dices? –Gray le tomó la mano y, delicadamente, le besó los dedos–. Eso ni se acerca a lo que yo pienso de ti, mi chica de ojos brillantes. Y creo que me llevará el resto de la noche explicarte todos los adjetivos que me vienen a la cabeza.

–¿En serio? ¿El resto de la noche? –el calor inundó a Karen hasta los dedos de los pies. Y la esperanza que se había atrevido a sentir cuando le había prometido compartir sus sentimientos con ella, regresó de nuevo.

–En serio. Pero antes creo que necesitamos tomar algo para calentarnos. ¿Qué te apetece? ¿Chocolate caliente o whisky?

–Creo que chocolate caliente. Pero antes quiero echar un vistazo a tus cuadros.

–De acuerdo. Tus deseos son órdenes.

Tomados de la mano, pasearon ante los cuadros inspeccionándolos. Al final del pasillo, y sorprendiéndolos a ambos, apareció Bridie. Llevaba puesto el abrigo de lana, preparada para marcharse a su casa. Era mucho más tarde de su hora y Gray la miró preocupado.

–Bridie... ¿no deberías haberte marchado ya a casa? ¿Sucede algo? ¡No será Chase!

La amable mujer que había cocinado y limpiado para él desde su regreso a Irlanda, la que había aguantado sus malos humores, lo miró a los ojos y sonrió dulcemente.

–El perro está bien. Está durmiendo frente a la chimenea, como de costumbre.

–Entonces, ¿qué sucede?

–Estaba contemplando el cuadro que pintó de usted y su madre, el que hizo a partir de la foto que su padre me mostró una vez. Este.

La mujer se acercó al cuadro que tenía más cerca y el corazón de Gray se encogió. Sin palabras, con la mano de Karen firmemente sujeta, se encontró frente al adorable retrato de la madre con su hijo.

–¿Qué le sucede al cuadro?

–Se habría sentido tan orgullosa de haber podido verlo. «Mi hombrecito será importante algún día», le diría a todo el mundo. Ninguna madre amó tanto a su bebé como su madre lo amó a usted, señor O'Connell... Gray... –susurró Bridie con labios temblorosos.

Gray se quedó helado.

–A quien no podía amar era a sí misma –continuó la mujer–. Su padre siempre le decía lo encantadora que era, que lo significaba todo para él, pero ella sufría una grave depresión y los médicos no pudieron hacer nada. Todos sabíamos que estaba mal, pero nadie se esperaba que hiciera lo que hizo. Solía bajar a la playa y se quedaba contemplando el horizonte como si las olas pudieran traerle alguna respuesta que la ayudara. Y un día no regresó. El cuerpo apareció en la orilla al día siguiente, llevado por la marea. Su padre también quiso morir, pero sabía que tenía un hijo del que cuidar. Sé que Paddy nunca le habló de la muerte de su madre, señor O'Connell, y no puedo decir que los que lo conocimos estuviéramos de acuerdo con él, pero... –la asistenta sacudió la cabeza con tristeza–. Lo hizo lo mejor que pudo. Cuando vi el cuadro, comprendí lo mucho que debe seguir pensando en ella, y sentí que debía contárselo. Espero que no le haya sentado mal.

–Por supuesto que no me ha sentado mal, Bridie –saliendo del doloroso trance en que parecía haberse sumido, Gray soltó la mano de Karen y se fundió en un abrazo con la otra mujer–. Gracias. Pero será mejor que se marche. La veré el lunes a la hora de siempre.

Tras cerrar la puerta, Gray dejó caer los brazos a los lados y se quedó mirando el suelo.

–¿Gray?

Karen se acercó a él e hizo un amago de tomarle la mano, pero Gray, presa de una gran distracción se apartó de ella y se dirigió a la escalera.

–Dame unos minutos, ¿quieres? –inmerso en el dolor, rezó para que lo comprendiera.

–Por supuesto –susurró ella.

Capítulo 11

MEDIA HORA después, Gray aún no había reaparecido. Sentada en el sofá, con la enorme cabeza de Chase apoyada en el regazo, Karen se sentía cada vez más inquieta.

Incapaz de quedarse esperando más tiempo, se levantó y tras localizar la cocina, meticulosamente ordenada y limpia, buscó un cazo, hirvió leche y preparó dos tazones de chocolate caliente.

La historia sobre la madre de Gray, contada por Bridie, había resultado conmovedora y Karen se preguntó cómo habría podido guardar el secreto la otra mujer sin sentirse tentada a contárselo antes. Seguramente debía haber respetado mucho a Paddy. De no haber colgado Gray el retrato, ¿se lo habría contado alguna vez? No se atrevía ni a pensar en la pena con la que había tenido que vivir sabiendo que su madre se había quitado la vida.

Repentinamente impaciente por estar a su lado, terminó de preparar el chocolate y, con el corazón en la boca, subió las escaleras hasta el primer piso. Esperaba poder encontrar a Gray sin tener que registrar todas las habitaciones. Era evidente que las palabras de la asistenta le habían causado un hondo impacto y necesitaba ofrecerle consuelo.

Al final del pasillo encontró una puerta abierta de par en par. Susurró su nombre, pero al no obtener respuesta, entró. Gray estaba sentado en la enorme cama

labrada, con la espalda hacia la puerta, la cabeza agachada y las manos apoyadas en los muslos. El estallido
de amor que sintió por él la dejó literalmente sin habla
durante un momento.

Dejó las tazas de chocolate sobre la cómoda más
cercana a la cama y se acercó al silencioso hombre.
Respirando nerviosa, apoyó una mano sobre el atlético
hombro.

—Siento mucho lo de tu madre, Gray. Debió haber
sido muy difícil para tu padre y para ti vivir sin ella.
Pero quizás ahora que sabes la verdad sobre lo que hizo,
puedas comprender que no fue culpa de nadie.

Gray levantó lentamente la cabeza y la miró. La expresión de sus ojos era sobrecogedora y decía mucho
más que las palabras. De repente, como si alguien hubiera accionado un interruptor, la sangre de Karen se
convirtió en un río de lava. La necesidad de ayudarlo y
consolarlo se convirtió en su única fijación.

—Durante años me he atormentado sin saber por qué
lo hizo, por qué yo no había sido suficientemente bueno
para que se quedara.

—No, Gray, tú no hiciste nada malo. No eras más que
un inocente bebé y tu madre padecía depresión. Puede
ser una de las enfermedades más terribles.

Rodeándolo con sus brazos para ofrecerle calor y cariño, Karen sintió que Gray se ponía tenso y luego emi-
tía un desgarrador suspiro. Con el corazón acelerado, se
encontró de repente sentada sobre su regazo, con el rostro entre sus manos y los labios devorándola con una
desesperación que le hizo sentirse el epicentro de un hu-
racán sensual.

Gray gimió contra su boca e introdujo la ardiente
lengua en un simulacro del sexo que siempre la dejaba
sin aliento. Alzando momentáneamente la cabeza, la
miró a los ojos transmitiéndole todas las emociones, to-

dos los sentimientos, que había sentido jamás. De no haber estado sentada, esa mirada la habría hecho caerse al suelo.

Sin embargo, apenas tuvo tiempo de registrar lo que había en las grises profundidades antes de encontrarse tumbada de espaldas con la mente hecha un torbellino y la sangre rugiendo en sus venas mientras él la desnudaba apresuradamente. Gray se quitó la cazadora que aún llevaba puesta y después el jersey y la camiseta que arrojó descuidadamente a sus espaldas. Tras bajarse la cremallera de los vaqueros, tiró de las braguitas de seda de Karen, deslizándolas por sus finas caderas, y se hundió en su interior.

Karen cerró los ojos y emitió un grito animal que vació sus pulmones sin ocultar ni un ápice de su placer o su deseo. Hundiendo los dedos entre los negros cabellos, levantó las piernas para aprisionar las masculinas caderas y llevarlo aún más profundamente a su interior. La boca de Gray se deslizó de un pecho a otro, primero para chupar y luego para mordisquear. La fiebre volcánica que estaba a punto de estallar dentro de ella se aferró a duras penas al precipicio de su deseo. Y cuando Gray la embistió con fuerza, estalló.

Mientras Karen surcaba la sensual estratosfera a la que él le había llevado, lo abrazó con fuerza, hundiendo las uñas de los dedos en los brazos que la sujetaban. Las caderas continuaban basculando con fuerza contra ella, una y otra vez, hasta quedar inmóviles, acompañadas de un extático grito de liberación que resonó en sus oídos mientras, aún aturdida, se daba cuenta de que había vertido su semilla en su interior.

El corazón empezó a galopar con más fuerza aún.

Sintió la cabeza de Gray apoyada en su pecho, pero no solo notó la rugosa barbilla sino también la humedad que emanaba de sus ojos. Eran lágrimas silenciosas y emotivas por la familia que tan trágicamente había perdido. El enloquecido encuentro sexual había servido para purgar parte del dolor.

Una emoción tan fuerte servía para limpiarte por dentro, Karen lo sabía. Lo había experimentado numerosas veces en los días y meses que siguieron a la muerte de Ryan.

Apartándose de ella, Gray sonrió con cierta tristeza, secándose el rostro con la mano antes de abrazarla tiernamente.

–Te amo –proclamó sin más con voz ronca.

La declaración hizo que a Karen se le parara momentáneamente el corazón. Cuando la impresión empezó a ceder, apoyó una mano sobre el corazón de Gray y lo miró.

–Yo también te amo, Gray –admitió ella sin reservas–. ¿Gray? –preguntó al notarlo tenso.

–Nunca había sentido algo así por nadie... nunca me había sentido capaz de desprenderme de todo lo que poseo por una mujer. Pero así es como me siento cuando estoy contigo, Karen. Al principio pensaba que era presa de una loca obsesión, pero ahora sé que es amor. Siempre lo ha sido, desde el momento en que me gritaste furiosa en el bosque. No me lo podía creer, te veía tan poquita cosa y aun así no dudaste en ponerme en mi sitio. ¿Eres consciente de lo mucho que me asusta desearte y necesitarte tanto?

–¿Por qué te asusta amarme? –Karen lo miró con ternura.

–Porque no quiero perderte.

Gray le acarició la mejilla mirándola con una expresión vulnerable como ella jamás le había visto, y supo que debía estar pensando en las trágicas pérdidas que le habían hecho desconfiar de entregar de nuevo su corazón a alguien.

–No vas a perderme, Gray. Tengo intención de quedarme contigo mucho tiempo. Jamás pensé que querría estar con otro hombre después de perder a Ryan, pero me equivoqué. Aunque al principio de conocernos parecías seco y gruñón, y también autoritario y enfadado, supe que no eras realmente así. Y me alegro de haberme quedado.

–Me comportaba así porque me sentía perdido, Karen. Totalmente perdido... hasta que te conocí. Había logrado amasar una fortuna, pero mi vida personal descarrilaba peligrosamente. Había perdido la fe en todo, no le encontraba sentido a nada. Ni siquiera disfrutaba de mi riqueza porque detestaba todo lo que había hecho para conseguirla.

–Sé que ha debido ser una agonía escuchar el relato de Bridie, pero ¿te ha ayudado?

–Supongo que puso el punto y final a mis locas fantasías sobre mi padre empujándola al suicidio –los ojos grises se cerraron durante un instante–. Descubrir la verdad ha supuesto un alivio, y también saber que mi padre fue el hombre honesto y leal que en el fondo siempre pensé que era. Pero la idea de ella en la playa, sola, me sigue destrozando.

–Lo sé, cariño, pero eres fuerte, mucho más de lo que crees. Y cada vez que te sientas decaído, yo estaré aquí para escucharte, y para ayudarte. Ya no volverás a estar solo.

–Y yo haré lo mismo por ti, cielo. No he olvidado que tú también has tenido tu buena dosis de sufrimientos. Me duele preguntártelo, pero ¿sigues echando de menos a Ryan?

Karen no sabía cuándo echarlo de menos se había convertido en aceptar que se había marchado y en el convencimiento de que debía construirse una nueva vida, pero así era. Quizás no habría ocurrido tan pronto de no haberse enamorado de Gray, pero daba gracias a Dios porque hubiera sucedido.

–Jamás lo olvidaré –contestó ella mirándolo a los ojos–, pero ya no lo echo de menos. Él querría que volviera a encontrar el amor, que reconstruyera mi vida con alguien que me quisiera realmente y a quien yo quisiera. Para serte sincera, nuestro principal punto en común era la música.... Ryan no era capaz de amarme del modo en que lo haces tú, Gray –Karen sintió que le subía la temperatura ante la admisión–. Lo que nos sucedió pertenece al pasado. No podemos vivir el resto de nuestras vidas en el temor de que nos vuelvan a ocurrir cosas malas porque creo sinceramente que las cosas pueden mejorar.

–Siempre que tengas claro que vas a hacer de mí un hombre honrado, porque no viviré en pecado. Tengo mi sentido de la moral.

–Moral, y un...

–Eh, eh. Esa no es la respuesta que espero recibir de una dama –bromeó él.

–¿Estás seguro de que quieres estar conmigo, Gray? –ella rio, sintiendo surgir la esperanza, pero también una angustiosa duda.

–No creo haber estado tan seguro de nada en mi vida –Gray suspiró, acariciándole los cabellos–. Sería un completo idiota si te dejara marchar, Karen Ford. Y puedo ser muchas cosas, pero no soy ningún idiota.

Poniéndose de rodillas y con los dorados cabellos revueltos sobre los hombros, Karen contempló maravillada el sombrío y atractivo rostro de hechizantes ojos grises que había llegado a amar. Y en su pecho, el corazón se saltó un latido.

–¿A qué te referías con que no vivirás en pecado?

–¿Tú qué crees? –Gray le tomó las manos y la atrajo hacia sí hasta tumbarla sobre él.

Karen descubrió de inmediato que estaba completamente excitado de nuevo y su sangre empezó a vibrar al sentirle penetrarla mientras la agarraba con firmeza de las caderas.

–Lo que quiero decir es que quiero casarme contigo. ¿Me aceptarás como esposo?

–¡Sí, Gray, te acepto!

Karen se agachó para fundir los labios con los suyos en un beso apasionadamente tierno y su amor quedó impregnado de la alegría y la maravillosa sensación de encontrarse el uno al otro después de todo el dolor que habían sufrido antes de conocerse, y también de gratitud por haber recibido una segunda oportunidad.

Más tarde, tumbado en la cama junto a una dormida Karen, Gray se obligó a permanecer despierto. Lo inundaba una profunda sensación de paz y deseaba saborear esos preciosos momentos en los instantes previos a regresar al mundo de los vivos. Si hacía falta, permanecería despierto toda la noche, solo por experimentar la felicidad de poder contemplar a la mujer que yacía junto a él y que había accedido a ser su esposa en lugar de despedirse de él como había temido que hiciera. Ya no volvería a preguntarse qué había hecho para merecer tanta suerte. Se limitaría a dar gracias por todo lo bueno.

Antes de que su madre enfermara, ¿habrían sentido sus padres lo mismo el uno por el otro? ¿Habrían sentido que, al tenerse el uno al otro, su felicidad no podía ser mayor? ¿Había yacido su padre junto a su madre, tal y como hacía su hijo en esos momentos junto a Karen, pensado en lo hermosa y perfecta que era y el milagro que sería tener un hijo?

El corazón le dio un vuelco. No habían tomado precauciones al hacer el amor tan apasionadamente hacía unos minutos, y ella no lo había mencionado. ¿Le importaría quedarse embarazada? De repente comprendió que deseaba desesperadamente tener hijos. Tener la oportunidad de ser padre... de ser un buen padre, y transmitirle algo del valor y la lealtad que su propio padre le había enseñado.

Suspiró y se estiró, y volvió a contemplar el hermoso rostro de su amada. Karen había perdido el aire de tristeza y vulnerabilidad que había tenido cuando se habían conocido, y Gray se sentía sumamente agradecido por ello. No soportaba la idea de verla infeliz. Y en esos momentos estaba casi seguro de que a ella no le importaría tener su bebé. Y si lo que deseaba era seguir con su carrera musical, se aseguraría de que lo hiciera. Su futura esposa se merecía todo lo que pudiera desear su hermoso corazón. Jamás había conocido a una mujer con tanto amor que dar. Habría más que suficiente para él y para sus hijos.

Relajándose al fin, la rodeó con sus brazos y se rindió al sueño...

Epílogo

KAREN paseaba de un lado a otro de la habitación con una mano apoyada en los riñones para intentar aliviar el dolor que había comenzado aquella mañana y que no había remitido en todo el día. Podría estar de parto, pero como el dolor tampoco se había intensificado, no estaba segura. Seguramente se debía a que estaba tan gorda que parecía a punto de estallar de un momento a otro.

Margaret, la rolliza comadrona que Gray había contratado les estaba preparando el té y Karen esperaba ansiosa el regreso de su marido de Dublín. Quería tenerlo a su lado.

Se había marchado el día anterior para visitar la galería de arte que exponía sus obras. La galería era de las más prestigiosas y ella le había aleccionado sobre su comportamiento en sociedad. Sabía que cuando Gray se ponía nervioso demostraba muy poca paciencia y era bastante probable que estuviera tenso ya que Margaret le había informado puntualmente al mediodía, cuando lo había llamado al coche, de que su esposa empezaba a mostrar claras señales de estar de parto y que debería darse prisa en regresar.

–Siéntate, cabezona.

Liz, que se había convertido en su amiga íntima, estaba junto a ella con expresión irritada a la par que preocupada. La joven empresaria acababa de prometerse al encantador Jorge y era asidua de la residencia de Gray y Karen con quien planeaba los detalles de la boda.

Karen al fin cedió y se dejó acompañar por Liz al sillón. Mientras aceptaba la taza de té que le ofrecía la comadrona, oyó el sonido del motor del coche de Gray que, tras dar un sonoro portazo, entró en la habitación con expresión ansiosa y los hombros empapados por la gélida lluvia de noviembre. Karen sonrió con el corazón acelerado.

—Siempre traes la lluvia contigo —bromeó aliviada de verlo—. Menos mal que me encanta.

Gray ignoró el comentario de su esposa y se agachó frente a ella mientras Liz y Margaret abandonaban discretamente la habitación.

—¿Estás bien? ¿Aún no estás de parto? Me entró el pánico cuando Margaret me telefoneó.

—Ojalá no te hubiera llamado, pero solo estaba pensando en mí. Sabe lo mucho que deseaba que estuvieras aquí. Espero que no hayas conducido demasiado deprisa.

—No cometería esa estupidez. Por suerte las carreteras estaban despejadas. Cuéntame, ¿ha empezado ya?

—No, aún no estoy de parto, y aparte de sentirme como una ballena, estoy contenta y bien.

—Esa es mi chica.

Gray la besó y Karen saboreó la lluvia y el viento en sus labios. Durante un momento deseó poder bajar a la playa con él para saborear en ellos también el mar. Pero tendría que conformarse con tenerlo a su lado y tomarle de la mano. Jamás le había mencionado el miedo que tenía al parto, lo aterrorizada que estaba por si algo salía mal. Pero lo cierto era que lo que más le asustaba era el efecto que el parto pudiera tener en su esposo.

—¿Qué tal la exposición? Apuesto a que el atractivo artista invitado se llevó de calle a todas las damas de Dublín.

—Pues si lo hizo —contestó Gray secamente—, fue sin

darse cuenta porque su mente estaba ocupada en la preciosa esposa que lo esperaba en casa a punto de tener a su primer hijo. Además, mis admiradoras son expertas en arte, no de las que se dejan llevar por el físico.

–A no ser que ninguna baje de los ochenta, no me lo creo. De todos modos, mi amor, no creo que sea hoy. Me refiero a lo de ponerme de parto –Karen le acarició la barbilla en la que ya empezaba a apuntar la barba–. Seguramente mañana.

–Entonces descansa y tómatelo con calma. Debes haber vuelto locas a la pobre Margaret y a Liz –Gray se levantó–. Iré a ver si alguna se apiada de mí y me prepara una taza de café.

–Seguramente se pelearán por ello. Por cierto, ¿te he dicho lo orgullosa que estoy de ti? Cualquiera que vea tus cuadros comprenderá el gran talento que tienes. Y... ¡Oh! –un lacerante dolor desgarró a Karen.

Gray se dejó caer de inmediato frente a ella.

–¿Karen?

–Estoy bien –jadeó ella mientras intentaba sonreír, aunque una segunda punzada de dolor, aún más fuerte que la primera, le congeló la expresión.

Si estaba poniéndose de parto, ¿no debería haber más tiempo entre una contracción y la siguiente? Karen pronunció una breve oración para que todo fuera bien.

–Será mejor que avises a Margaret.

–Todo irá bien, te lo prometo. No te preocupes –la calmó Gray–. Estaré contigo todo el rato.

Besándola con dulzura, salió corriendo hacia la cocina llamando a gritos a la enfermera.

El parto fue intenso y rápido, tanto que no dio tiempo de llegar al hospital y Karen dio a luz a su hermoso niño en casa.

Por enésima vez, Gray dio gracias al Cielo por haber contratado a una comadrona para que se quedara en la casa, aunque había tenido que sufrir no pocas bromas por ello. En esos momentos, mientras acunaba a su hijo, Padraic William, Padraic por el padre de Gray y William por el de Karen, no podía dejar de admirarse ante la perfección del bebé arropado en su mantita de lana. Tenía los cabellos negros y los ojos de color azul oscuro. De mayor iba a ser un rompecorazones.

Un tumulto de emociones lo embargó mientras su mirada iba de Karen, hermosa a pesar del intenso parto sufrido, a su precioso hijo. Sentado en el sillón junto a la cama, más feliz de lo que había sido en su vida, casi pudo sentir el amor de sus padres a su alrededor, casi los sintió sonriéndole a él y a su hermosa familia, como si le dieran sus bendiciones.

–¿Por qué sonríes? –Karen le acarició un brazo, con aspecto cansado aunque feliz.

–¿Y por qué crees que sonrío? Soy el hombre más afortunado del mundo.

–Pues será mejor que te lo creas, Gray O'Connell, porque desde luego yo no me he imaginado la agonía que he pasado para presentarte a tu hijo.

Gray recordó el rostro de su esposa, distorsionado por el dolor, y las furiosas palabras que le había dedicado en el punto álgido de su agonía.

–¿Ha sido muy malo? –preguntó en un susurro con la voz ligeramente ronca.

–No ha habido nada malo, amor mío. Solo bromeaba –Karen le acarició los revueltos cabellos y sonrió–. Cada instante de incomodidad ha valido la pena por tener aquí a nuestro hombrecito. Es adorable, ¿verdad? –apoyó una mano sobre la cabecita del bebé.

–Lo es. Absolutamente adorable.

—Y su padre también —añadió ella con los ojos húmedos.

—No llores, cariño, o harás que me ponga a llorar yo también, y no sería bueno para mi reputación. Por cierto, tengo un regalo para ti.

Sujetando al bebé contra el pecho, Gray hundió una mano en el bolsillo del pantalón y sacó un sobre, ligeramente arrugado, que entregó a Karen con una sonrisa tímida.

—Debería haberlo atado con un lazo rosa, pero estas cosas no se me dan demasiado bien.

—Puede que no se te de bien atar lazos rosas, pero hay muchas cosas que sí haces bien. No tenías que comprarme nada. Tengo todo lo que pudiera desear: a ti y al pequeño Padraic.

Al rasgar cuidadosamente el sobre y sacar de él la hoja impresa, Karen sacudió la cabeza.

—¿Me regalas la cabaña de tu padre y los cincuenta acres que la rodean? ¡Oh, Gray! Esto es demasiado. Eres demasiado generoso.

—Te mereces esto y mucho más. No es más que un pequeño gesto para agradecerte la alegría y felicidad que has traído a mi vida. Quizás te gustaría utilizar parte de las tierras para construir un estudio de grabación. Ya he hablado con un arquitecto especializado y en cuanto te encuentres con ánimo, puedes empezar a hacer planes.

—¿Gray O'Connell?

—¿Sí, señora O'Connell?

—Quiero que traigas al bebé y te metas en la cama con nosotros ahora mismo.

—Si no hay más remedio... —con un teatral movimiento de cejas, Gray se levantó del sillón e hizo exactamente lo que su esposa le había ordenado...

Bianca.

Todo dejó de ser importante ante la perspectiva
de pasar una semana con él…

Yiannis Savas, el irresistible
playboy de la dinastía Savas, era el sueño de todas
las chicas, pero rápidamente
se convirtió en la pesadilla
de Cat McLean cuando sus
promesas no pasaron de un
ardiente romance.

Con los años, no obstante,
la joven maduró y se despi-
dió por fin de todas esas fantasías. Decidida a no dejarse
seducir otra vez por palabras
dulces y encantos efímeros,
se comprometió con un
hombre sensato, serio…

Sin embargo, el destino le
iba a hacer una jugarreta
maestra, obligándola a pasar una semana entera con
Yiannis, el hombre al que
nunca había olvidado…

Futuro lejano

Anne McAllister

Acepte 2 de nuestras mejores novelas de amor GRATIS

¡Y reciba un regalo sorpresa!

Oferta especial de tiempo limitado

Rellene el cupón y envíelo a
Harlequin Reader Service®
3010 Walden Ave.
P.O. Box 1867
Buffalo, N.Y. 14240-1867

¡Sí! Por favor, envíenme 2 novelas de amor de Harlequin (1 Bianca® y 1 Deseo®) gratis, más el regalo sorpresa. Luego remítanme 4 novelas nuevas todos los meses, las cuales recibiré mucho antes de que aparezcan en librerías, y factúrenme al bajo precio de $3,24 cada una, más $0,25 por envío e impuesto de ventas, si corresponde*. Este es el precio total, y es un ahorro de casi el 20% sobre el precio de portada. !Una oferta excelente! Entiendo que el hecho de aceptar estos libros y el regalo no me obliga en forma alguna a la compra de libros adicionales. Y también que puedo devolver cualquier envío y cancelar en cualquier momento. Aún si decido no comprar ningún otro libro de Harlequin, los 2 libros gratis y el regalo sorpresa son míos para siempre.

416 LBN DU7N

Nombre y apellido	(Por favor, letra de molde)
Dirección	Apartamento No.
Ciudad	Estado	Zona postal

Esta oferta se limita a un pedido por hogar y no está disponible para los subscriptores actuales de Deseo® y Bianca®.
*Los términos y precios quedan sujetos a cambios sin aviso previo.
Impuestos de ventas aplican en N.Y.

SPN-03   ©2003 Harlequin Enterprises Limited

Deseo

No quiero quererte
MAYA BANKS

¿Solo una noche? Sí, seguro. Pippa Laingley debería haber sabido que no sería así. Cuando una noche de pasión con Cameron Hollingsworth desembocó en un embarazo no planeado, Pippa se encontró en un atolladero. Sabía que el enigmático empresario había construido una fortaleza alrededor de su corazón. Había perdido a su familia en un trágico accidente y ahora Cam temía abrirse de nuevo.

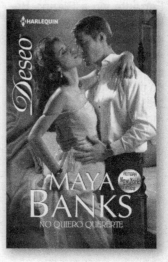

Cam sabía que iba a sufrir si dejaba que Pippa entrase en su vida y también si la apartaba de su lado ofreciéndole simple apoyo económico. En cualquier caso, estaba condenado... a menos que se permitiera amar otra vez.

¿Los uniría aquel embarazo?

¡YA EN TU PUNTO DE VENTA!

Bianca.

Era la última mujer en el mundo con la que se casaría

La última vez que Andreas Ferrante vio a Sienna Baker ella había intentado ingenuamente seducirlo. Aunque su provocativa sensualidad estaba grabada en su memoria, las terribles consecuencias de ese momento lo habían atormentado desde entonces, de modo que la noticia de que debía casarse con ella le parecía impensable…

Volver a ver a Andreas años después hizo que Sienna recordara aquella terrible humillación. Y en cuanto a casarse con él… tendrían suerte si aguantaban toda la ceremonia sin armar un escándalo.

Pero había una fina línea entre el amor y el odio… ¿las llamas del odio se volverían pasión incandescente durante su noche de bodas?

Enemigos ante el altar

Melanie Milburne

¡YA EN TU PUNTO DE VENTA!